那些美好時光

張曼娟

自序

那些美好時光

那些美好時光，回想起來，總是倉促。而我不禁要想，會不會正因為太短暫，才能成就美好？如果冗長，就會變得瑣碎尋常，習以為常，漸漸失去絢麗的光芒，黯淡下來了。

直到，澈底失去的那一天。突然醒悟到，原來，曾經擁有的是那樣美好。我卻不是這樣的。正在擁有的時候，已經明確感受到美好，以及不可避免的失去。這樣的感知，使我沉浸在快樂與憂傷中，一種豐富而又矛盾的情緒。

不瞭解的人以為我很友善親切，真正靠近的人便會知道，大部分的時候，我是個封閉自己的人，其實並不容易靠近。我的心裡有太多感觸和想法，每一秒鐘都在變化，因此，唯有，安靜、沉默、孤獨。

我覺得自己是個不容易與人相處的人，所幸，我很能和自己相處。

這是幸運，也是不幸。

想要愛我，或被我所愛，都很艱難。

但我在孤獨中與心靈的對話，卻能完整飽滿，於艱難中突圍而出。

我觀看著自己與他人，思索著獲得和失去，知道自己正站在時間的隘口，邁向另一個階段，每一個日子都煥發著貴重的金屬光澤。

曾經，我是隻靈活的小獸，睜著圓亮亮的黑眼睛，鎮日裡嬉戲奔跑。後來，我是棵水邊靜定的垂柳，知解許多秘密卻沉默，只在風中嫵媚映照。如今，我已經成為一座深深的礦，掩埋著一層又一層，值得或不值得開採的物質。每一個被歲月淬鍊過的人，都是一座礦吧，很有價值，卻不容易被看見。

因此，我試著傾訴。在一整年的聯副專欄中，對一個即將成年的，叫做阿靖的少年傾訴。阿靖，也許是喚我姑姑或阿姨的那個孩子，也許是許多年前的我自己，也許是你。傾訴的同時也在聆聽，睜著圓亮亮的黑眼睛，召喚回到小獸的那個年代。

當我再次閱讀這二十七篇散文，驀然發現，創作著的同時，我的生活也發生著許多變動，並且可以預料，將會有更劇烈的變動與失去，等在前方。我不知道自己是否準備好了，也許，永遠沒有準備好的那個時刻，但，我總覺得自己擁有什麼寶物，可以挽救失速的墜落。

我記得那些溫柔地對我微笑的臉孔；我記得那些深邃抒情的眼眸；我記得那些全心全意的擁抱；我記得安慰我、鼓勵我、信任我的人們。

永難忘懷的，那些美好時光。

二〇一〇／春分／謹序於台北

目錄

人不可以無哀愁

因爲哀愁，我們瞭解了人世間的無常；我們不能狂妄的趾高氣昂；
我們不會對自己獲得的幸運感覺理所當然。

親愛的阿靖：

那個颱風剛剛過去的星期天傍晚，你和弟弟、妹妹一起進入了才裝修開幕的小學堂新教室。小學生們都已經下課離開了，你們三個人雖是頭一回來，卻熟門熟路的進了教室，找個角落的位置，從書架上取了書，便興奮而安靜地，閱讀起來了。彷彿才是昨天的事，你還是個國中生，坐在這些桌椅間，專心的聽課。此刻卻已是這樣頎長身子的高中生，擺放在桌椅間，略顯侷促，可你的神態是安定自若的。

我還記得三年前，你們一起拜訪初創立的小學堂，從空間到裝潢，都是克難的。你們拿著抹布，把每張桌子擦得纖塵不染，然後對我說：「我覺得來這裡上課的學生，應該都會覺得很舒服的。」收工之後，我們坐在訂製的木椅上，全家人分食一盒冰淇淋。

如今，確實是有愈來愈多的孩子喜歡小學堂，這裡再沒有超齡的你可以上的課。而我從門外看著亮燈的教室裡，閱讀著的你的側影，我應該感到歡喜的，但，我卻感到了哀愁。

那天晚上，我們全家人一起搭捷運去吃晚餐，我一手牽著妹妹，一手牽著弟弟，走到餐廳門口，轉身等待著爺爺、奶奶和你的父母親。你的弟弟問我：「姑姑！怎麼不進去？」我看見你，正伴著奶奶慢慢走過來。也許因為你是長子，在你很小的時候，我們就對你說：「爺爺、奶奶年紀大了，要多照顧他們啊！」我們見面相處的機會並不多，你大概也沒什麼機會「照顧」老人家。可是，那一天，看見你和滿頭華髮的奶奶一起走過來，閒閒地聊著什麼，一種安寧愉悅的氛圍，我感覺到幸福，也感覺到哀愁。

親愛的阿靖，哀愁，曾經是我的性格特徵呢。剛進小學不久，我記得自己坐在教室台階上，看著年輕女老師的花裙翻飛，與學生玩著跳房子，看著笑成

一團的老師和同學，突然，哀愁就這樣無聲無息的來了。我知道眼前一切美好的事物，都是會過去的，等一下上課鐘聲會響起，大家都要回到教室上課；再等一下放學了，大家都得要回家，一天就這樣過去了。

當我漸漸長大，也鍛鍊出比較堅強的靈魂，我讓自己學著用正面的態度過生活，積極樂觀，開心的時候多，傷心的時候少。

在大學的課堂上，我和大學物理系的大一學生一起閱讀張潮的《幽夢影》，他們班男生很多，不是蹺課就是睡覺，能持續認真聽課的學生並不多。有好幾個是因為擔心被我當掉，才勉強坐在教室裡的，玩手機或是看漫畫，自有他們打發時間的方法。那一天，我用張潮說的話當引子，企圖製造一點互動：「花不可以無蝶，山不可以無泉，石不可以無苔，水不可以無藻，喬木不可以無藤蘿，人不可以無癖。」我發下小紙條請他們填寫：「你覺得人不可以無什麼呢？」大家的答案五花八門，有人說：「人不可以無志」；有人說：

「人不可以無惻隱之心」；有人說：「人不可以無詩意」，而那個總是看漫畫，整個人粗線條的高大男生，是這麼寫的：「人不可以無哀愁」。看起來似乎漫不經心，什麼都不在乎的男生，拙稚的字體書寫著「哀愁」兩個字，不知道為什麼竟然動人。

哀愁是一件多麼必要的事啊。親愛的阿靖。因為哀愁，我們瞭解了人世間的無常；我們不能狂妄的趾高氣昂；我們不會對自己獲得的幸運感覺理所當然。我們明瞭每一種擁有終將失去。

當我看著明亮教室中的你，意識到童年真的已經遠遠的被你拋下了，你即將長大，變為一個成年人，開始領受做為一個大人的坎坷與憂傷。我感到哀愁。

當我看著你和奶奶併肩走過來，朝我的方向走過來，突然意識到，當你長大以後，當奶奶更加年老，你們都會離開我的，不管我有多麼捨不得。我感到哀愁。

這哀愁同時也讓我覺得幸福，因為生命就是這樣不斷的，變動著，也成長著；喜悅著，也哀愁著。

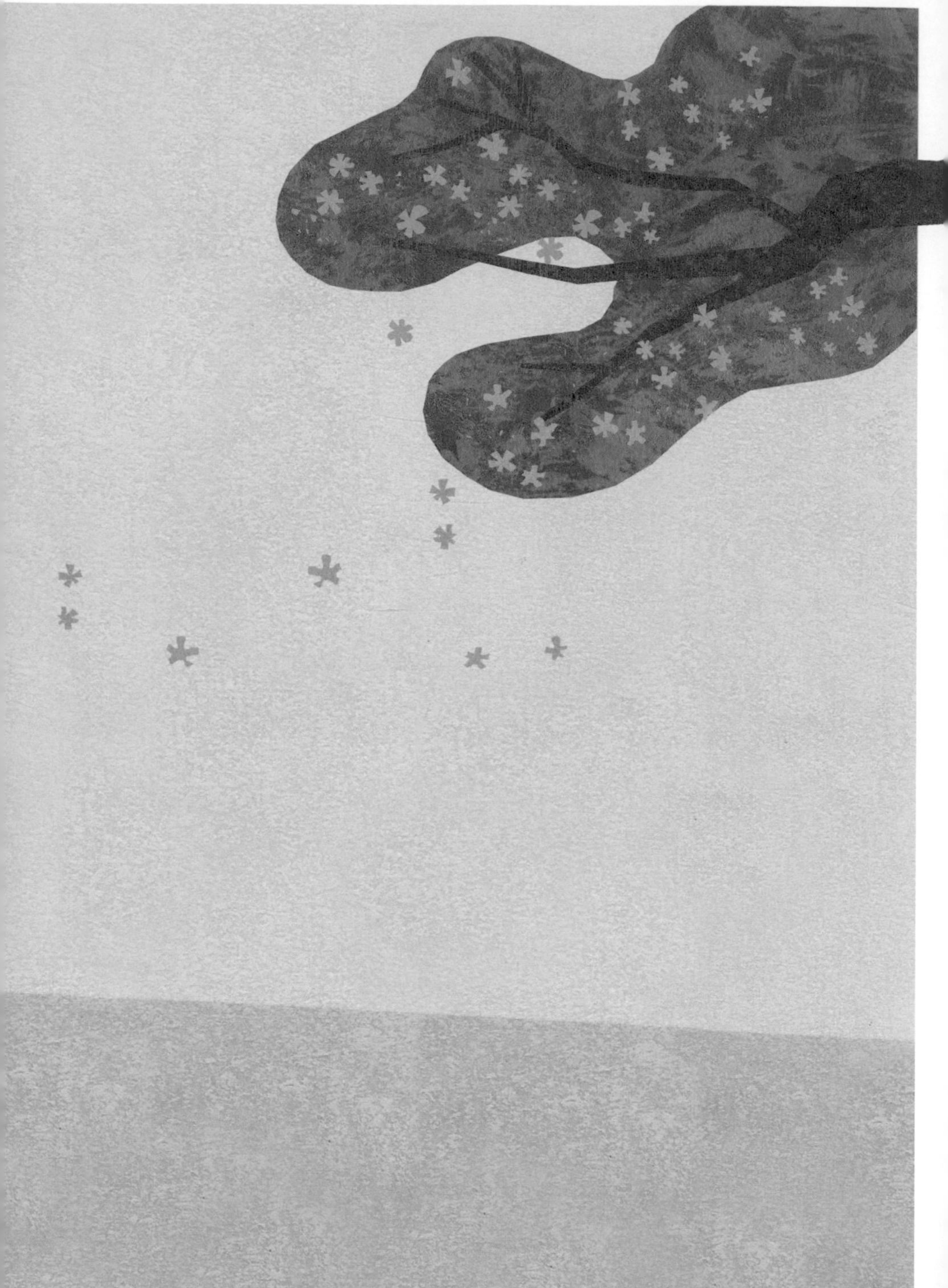

孤單是一帖藥

懼怕孤單，其實，是不是因爲懼怕與自己相處呢？

孤單像一面鏡子，照出原形，把自己照得無所遁形。

親愛的阿靖：

你和弟弟、妹妹對於我的單身，應該都有很多好奇吧。只是，不知道該怎麼探問，或者擔心有太多不堪聞問的傷心事，所以，我們從沒有認真的觸及這個話題。當你們還小的時候，約莫是你唸小學四、五年級，妹妹唸一、二年級，弟弟還撒嬌的賴在我懷裡聽故事，有一次，我們開心的玩完了故事接龍，大家都笑得上氣不接下氣，妹妹突然問：「姑姑，妳為什麼沒有小孩？」

我記得原本倒躺在沙發上的你，坐直了身子，連喜歡打岔的弟弟也安靜下來，六顆黑眼珠盯著我，等待答案。我想過可以說一些什麼樣的話，矇混過去，以我的機智與詼諧，絕對沒有問題的。可是，那天的那個時刻，我忽然決定要誠懇作答，毫不隱藏。「因為，姑姑沒有結婚啊，所以沒有小孩。」

「那，妳為什麼不結婚？」妹妹再接再厲。真是大哉問啊，我不想歸結於

命運或際遇這一類的說法，於是我說：「在這個世界上，有些人結婚比較快樂；有些人不結婚比較快樂。我大概是不結婚比較快樂的人吧。」

一陣寂靜的沉默後，我問你們：「你們覺得姑姑快樂不快樂啊？」

「我覺得妳很快樂！」妹妹展露甜美的小梨渦，搶著回答。

「為什麼妳覺得我很快樂？」我並不是個呼喊快樂的人啊，對她的答案，確實覺得好奇。

「因為我常常聽見妳自己一個人唱歌，感覺很快樂。」

原來，孤單時候的我，常常自己一個人唱著歌；原來，孤單時候的我，也是快樂的。你們一定不知道，這個發現對我的意義有多麼重大。

親愛的阿靖，你也常感到孤單嗎？孤單的時候，你用什麼心情去面對？

小時候我們總是那麼害怕孤單，所以，結交許多朋友，迫不及待談戀愛，都是因為想找個人來陪，驅逐孤單。懼怕孤單，其實，是不是因為懼怕與自己相處呢？孤單像一面鏡子，照出原形，把自己照得無所遁形。

或許因為創作是我生命裡這麼重要的事，這件事又這麼需要孤單與獨處，我發現自己挺享受孤單的滋味。不需要遷就別人，也不用擔心自己耽誤了別人，那是真正的自由。

孤單的時候，一點也不覺得淒涼，如果能下點雨，似乎更有情味了。我會搭乘捷運往淡水去，沿著河堤，走過榕樹低垂的道路，來到咖啡館，點一杯奶味香濃的拿鐵，找個二樓的靠窗坐位，面對大河，閱讀一本渴想已久的小說。偶爾，因為幾隻飛過的水鳥而停下來，發發獃，在潮濕的風中，深深呼吸。一條大河的陪伴，我不敢說自己是孤單的。

就算沒有小說可以讀，我還有一整櫃子豐富的典藏，在回憶之中。我隨意的想起某個國家的某條河邊，我曾與某個朋友散步行過，那一天的雲影與天光；那一天的談話與氣氛；那一場旅行中每個喜悅或惆悵的片斷。

有些人，因為無法承受孤單，於是，做了並不想做也

不該做的事；有些人，因為無法承受孤單，於是，與並不相愛的人在一起。這些情況，在我看來，都是不負責任的逃避啊。逃避的結果，將會陷進更深的空洞中。宛如飲鴆止渴。孤單並不可怕，它像一帖藥，既不是毒藥，也不是苦藥，在孤單中，我們明白了自己的軟弱與空虛，於是，鍛鍊自己變得更堅強。

親愛的阿靖，讓我們約定，孤單的時候，不要恐懼，也不要急著驅趕它。不妨讓它帶著你，看看能有什麼樣的發現？或者，像我一樣，唱一首歌給它聽，唱一首歌給自己聽。

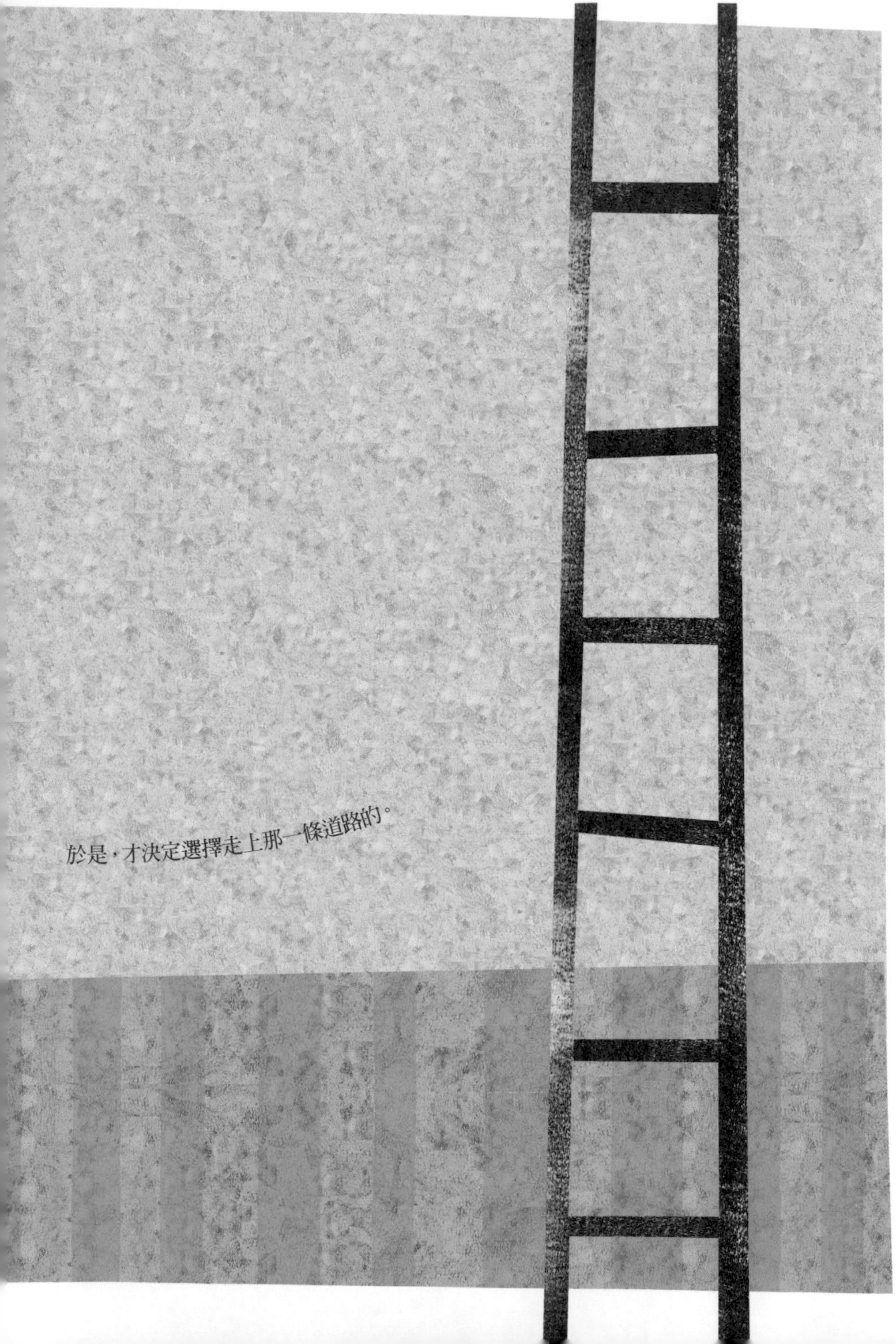

於是，才決定選擇走上那一條道路的。

當她墜樓以後

當她自殺之前，應該就已經感到了被隔絕的虛空與孤寂了吧？

親愛的阿靖：

那一天，沒有事先預約，便推開研究室的門走進來的，剛剛成年的那個女孩，你認識她的，喚她為穎恩姐姐。她渾身被一層灰色的霧氣籠罩著，那雙總是理性思考的眼睛裡，閃爍著不安。

「她就那樣從十樓跳下去，頭先著地。一點猶豫也沒有，真的那麼想死嗎？」穎恩說的是她以前練游泳的隊友，她們高中時代表學校去比賽，得過不錯的名次。「妳跟她很要好嗎？」我問。「為什麼大家都這麼問？不管好到什麼程度，都是會難過的吧。」

「或許還有憤怒、驚嚇和自責？」我單刀直入的問。她的眼睛乾乾的，看不出會流淚的跡象，沒有回答我的問題，只是自暴自棄的說：「我們為什麼要認識朋友？如果跟他人都沒有關係，就不會那麼難過。」

那一天，我們討論了墜樓女孩與家人的關係，可能罹患的憂鬱症，以及，一個人的自殺，帶給其他人的創傷和遺憾。自殺與病故或是車禍都不同，它的影響力不斷蔓延和擴展，以及加深。「我應該可以阻止這件事的，為什麼我沒能做好？」接近自殺者的人這麼自責著；「早知道她會自殺，我就應該……」認識自殺者而不接近的人這麼遺憾著。然而，事實的真相是，自殺者的意志如此堅定，我們只是自以為可以改變這命運。

我聽過一個真實案例，有位心理醫師，為一個憂鬱症患者做治療，那一天，患者在約定的時間缺席了，醫師等了他半個多小時，患者竟從醫院頂樓一躍而下。醫師崩潰了，他竭盡心力，與死神拔河，竟還是輸了。「為什麼他不來赴約？他已經走進醫院了啊……」

穎恩姐姐是法律系學生，對法條很熟悉，她告訴我，殺人罪有各種不同的刑責，唯獨殺死自己不需負擔刑責，是無罪的。「因為自殺的人已經這麼絕望了，若他倖存下來，難道還要把他抓去關嗎？」

在許多地方，家人自殺都是個不能提起的禁忌，那個自殺的人彷彿被隔絕起來，不見天日。而我常在想，當他自殺之前，應該就已經感到了被隔絕的虛空與孤寂了吧？於是，才決定選擇走上那一條道路的。

親愛的阿靖，我必須向你坦白，自殺的念頭，也是我生命裡的鬼魅，不時飄然而來，纏綿的擁抱住我。作家的自殺率算是挺高的，不是嗎？

但我終於一次又一次掙脫開來，以一種倖存者的心態，倔強的活下去。是的，就是倖存者。從小到大，我們幸運的躲過了那麼多死神的網羅，在繁忙的道路；在空中的飛行；在各式各樣的病毒與意外中，僥倖的存活下來了。我感謝這樣的幸運，深深覺悟，自己乃是個隨時可能失去生命的倖存者。

大學時期的一個女同學，母親為頭痛的痼疾所苦，在她畢業之前自殺了。她那時蒼白而悲傷的對我們說：「我知道，將來有一天，我會跟我媽媽一

樣。」二十多年之後，我聽說她並沒有罹患頭痛，而是被癌症纏身，自殺死去了。我想起她曾對我說：「妳的腳好美，穿什麼鞋子都好看。」剩下的那些人生道路，我總會想起她說的話，好好的走下去的。

一棵樹也要堅強

我並不是瞧不起軟弱的人，
我只是想跟狂風暴雨中的果樹學習。
不要輕易放棄自己。

親愛的阿靖：

有一天，我和一個為情所苦的朋友談話，她的男人慣性出軌和撒謊，令她精神衰弱，已經看了好幾年的醫生，吃了許多藥。她卻總是離不開這個男人，也無法從這宛若災難的苦痛中超脫出來。所有該說的話都說盡了，我環抱住自己的雙臂，靠進沙發裡，深深的無力感。朋友目光灼灼地注視著我，她說：「妳很受不了我吧？妳瞧不起軟弱的人！」

我嚇了一跳，瞬間啞然失聲，不知道該說些什麼才好。我一向自詡是個可以同其情的人，對於他人的感受或情緒，都能夠敏銳接收，並且用同理心去瞭解。而我原來竟瞧不起軟弱的人嗎？因為我覺得自己很堅強嗎？是這樣的嗎？

親愛的阿靖，我並不是個堅強的人，事實上，我是軟弱的。

當我小的時候，總是習慣性的逃避，那些不想面對或是做不好的事，就當

它們不存在。小學時，永遠遲交或不交的數學作業，常常令老師抓狂。「為什麼妳的作業都不交？」老師對我咆哮。而我總是睜著無辜的雙眼，純真的看著老師：「我不知道要交啊，沒有人告訴我要交作業啊。」就這樣拖著，過一天算一天，過一年算一年，直到五專畢業之前，這情況才漸漸轉變。被一位老師鼓勵過的我，生命突然被點亮了，不想再渾渾噩噩過日子，決定面對現實，遇見困難也要迎上去試一試。

我試過許多別人沒做過的事，並不計較成功或是失敗，對我來說，這些史無前例的嘗試，就是成功，是自我挑戰的成功。然而，總是走在別人懷疑的道路上，沒有意志力與堅持，是做不到的。如果這種意志力，可以稱為堅強，那麼，我或許變得比較堅強了。但是，生命中的挑戰是推陳出新，層出不窮的，我也有堅持不下去，感到心力交瘁的時候，於是，搭上火車，沿著海岸線，到東部去了。

在花蓮的一間可愛民宿，我將自己安頓在芒果黃的房間，沒有電視，卻有一排好書和音樂ＣＤ，正是我需要的。民宿樓下是餐廳，牆上畫著一棵樹，有好吃的餐食與蛋糕。第二天的早餐也很豐盛，對一個孤單的旅人來說，真是慎重的款待。最奇妙的是，民宿主人的妹妹，是我以前教過的學生，這個中文系的漂亮

女生，竟孤單的在太魯閣高山上，種了三年水蜜桃。正確的說法，是與八個大男人獃在簡陋的、沒水沒電沒浴室的高山上，種果樹。她出現在我面前，結實勻稱、淺咖啡色的皮膚，特別晶亮的小獸似的黑眼珠，這是經歷過嚴苛鍛造的生命啊。

當她對我敘述上山的原由，山上艱苦又危險的日子，說她辭退了不盡責的工人，卻被那八個大男人包圍的千鈞一髮。我捨不得移開我的眼光，盯著她問：「妳就沒有想過，要放棄嗎？」她的眼中慢慢浮起一層薄霧似的淚花，堅定地搖搖頭。那些生活上的困苦，連上山採

訪的記者都嚇得落荒而逃；那些大自然的殘酷考驗，可能摧毀她所有的心血與辛勞；來自城市的年輕女孩，每天都得應付半原始的野蠻生存法則，她竟然沒想過放棄。

原來我們的韌性可以如此堅強，只要是下定了決心，就可以做得到。水蜜桃女孩告訴我，她不僅鍛鍊自己，也鍛鍊她的果樹，在惡劣的環境中頑強的活下去。一場嚴重的風災，將附近果園裡的果樹摧毀殆盡，只有她的果樹屹立不搖，結實累累。

親愛的阿靖，一棵樹也能對無情的大自然展現它的意志力；一棵樹也得要堅強。我並不是瞧不起軟弱的人，我只是想跟狂風暴雨中的果樹學習。不要輕易放棄自己。

足夠的火候，才能煨煮出獨一無二、無可取代的經歷。

飲食男，女人之大欲

愛情，也像烹調飲食一樣，

親愛的阿靖：

許多年前在上海，有一位與張愛玲齊名的女作家，叫做蘇青。我甚至不期望能與你討論張愛玲，當然更不會奢望蘇青，所以，你不知道她，是很自然的事。但我們還是得提到她，這個離了婚，自立更生的女人，是個聰明而頑強的舊時代新女性。她曾俏皮的修改了「飲食男女，人之大欲存焉」，成為「飲食男，女人之大欲存焉」，點出女人也有真切實在的欲望，是不可忽視的。這欲望是情愛之歡與飲食之樂。

而我一直覺得，一個人必須先學會飲食，才能體悟情愛。

這幾年的冬天，我們總在家庭聚餐時，煮起海陸火鍋，大量的生鮮蔬菜與肉類，還加上價格不菲的北海道帝王蟹。急凍運來的暗綠色帝王蟹煮過之後，呈現出那麼鮮豔的赭紅，與綠色茼蒿相映成趣，沐浴在撲鼻的鮮味中，我們都

被幸福感籠罩。帝王蟹並不是我心中最美味的螃蟹，卻是最「容易吃」的螃蟹。牠的個頭大，煮過之後，用筷子輕輕一撥，肥美豐腴的雪白蟹肉，便落進碗裡。剛進幼稚園的你的弟弟，頭一回吃帝王蟹，將滿滿的蟹肉堆進碗裡，大大吃了一口，目光迷離的抬起頭對我們宣布：「嗯，用這個拌飯，就很好吃了！」聽起來像是個生活簡樸，極容易滿足的人似的，我們這些大人卻都面面相覷，說不出話來。「用帝王蟹拌飯」？好大的口氣。

這小小孩兒已經有了對於飲食的品味，我一邊驚歎，一邊感到了喜悅。

你的飲食品味也在我們的共飲共食中，慢慢改變了。那年你從美國回來，是個不愛喝湯的小男孩，你的奶奶偏偏愛煲湯，她相信一個家庭必須要有煲著一鍋湯的氣味，才是真正的家。晚餐的重點，便是紅泥小火爐，煲了一整天的一鍋好湯。起初你對湯完全不感興趣，嫌喝湯要出汗，啃完炸排骨，扒完兩碗飯便急急離席。「美國人哪裡會喝湯啊！」我們調侃著你，也安慰失落的奶奶。幾次之後，我們忍不住引誘你。「姑姑陪我下棋。」你離席之後來找餐桌上的我。「你喝點湯吧！喝了我們就下棋。」這樣的交換條件使你難以拒絕，你就著我的碗喝了一口，又喝一口，比想像中好喝太多了。於是，你開始喝湯。如今，每一次回來吃飯，上桌之後的第一件事，便是掀開奶奶的砂鍋，與煲湯親熱的打個照面。有時候是醃豬腳煲土雞；有時候是煮出一鍋奶白的虱目魚湯，你的臉頰瞬間燃亮，摩拳擦掌的架勢，口中不斷讚歎著：「好喝啊！奶奶的湯！」

爺爺的滷菜也漸漸擄獲你的心，他總是花上一、兩天的時間，用一鍋老滷汁，反覆的滷了又滷，豬耳朵與豬舌頭，滷出油來再滷牛腱，接著是雞翅膀和雞腳，最後是豆干。那些豆干先在滷汁裡浸過再滷，滷好再浸，放涼之後才吃，一口咬下去，豆干裡全是細細的小洞，每個洞裡都是滷汁。吃慣了這些滷味，不管外面的滷味多麼有名氣，都不能吸引我。曾經滄海難為水啊，哪一家

滷味能花費這樣的工夫與火候，把豆干滷到這般境界呢？正是因為花了很多時間，才能擁有這樣的美味。

因此，對於美食的敬意，就是緩慢的享用它。我認識過一個前途閃閃發亮的男人，卻被他狼吞虎咽進食的樣子嚇到了，那樣「窮凶惡極」的姿態，讓我只想逃開，一點也沒興趣與他更進一步。近於暴虐的面對食物，將會怎樣面對愛情？這樣的男人，如何成為女人的欲望？

親愛的阿靖，記得這些在你舌尖與心上引發過驚喜與感動的滋味，那正是我對於愛情的譬喻。愛情，也像烹調飲食一樣，足夠的火候，才能煨煮出獨一無二、無可取代的經歷。當你學會飲食，自然成為女人的欲望，成為真正的調情高手。

既孤寂又飽滿，在想像中達到了某種契合與圓滿。

卡片是寫給未來的詩

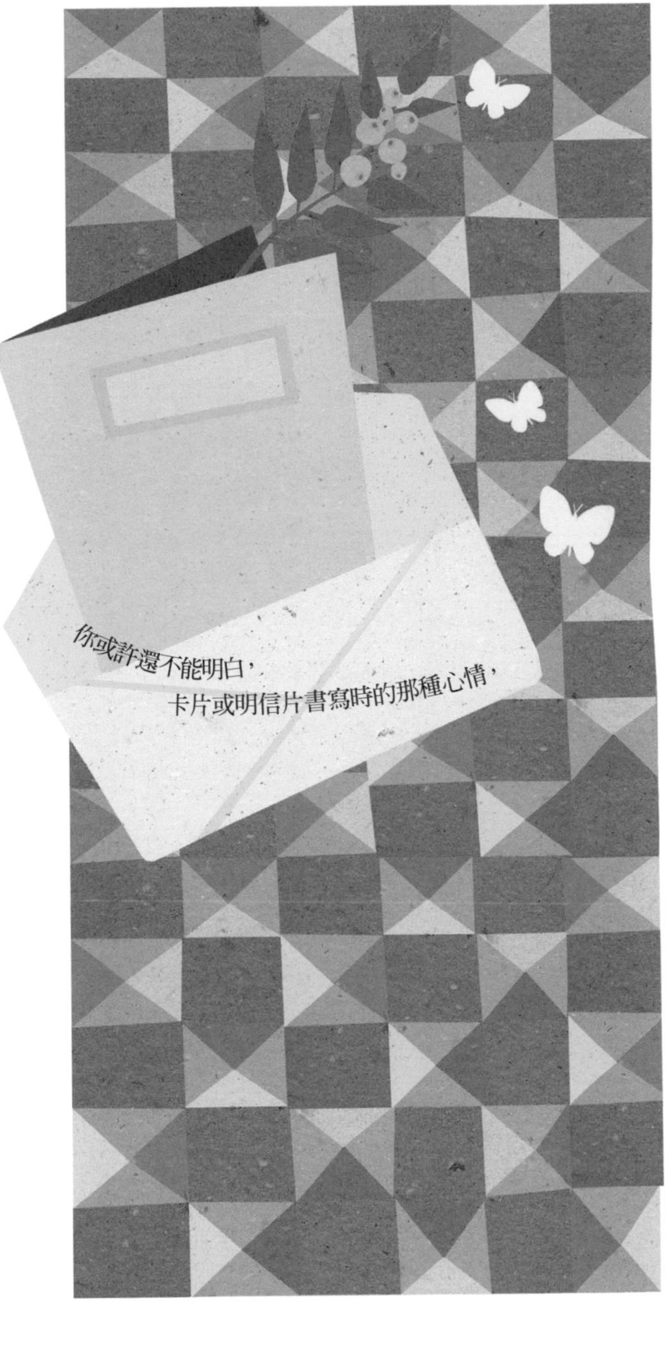
你或許還不能明白，
卡片或明信片書寫時的那種心情，

親愛的阿靖：

十一月的某個午後，走進書店，在下樓的階梯上遲滯了我的腳步，啊，那些聖誕卡片，突如其來的在書架間開放如花叢，是歲末了，提醒著每一個人，不管你想面對或者逃避。從我開始出書那年，就聽見出版社和書店的朋友諄諄告誡：「千萬不要十一月出版新書，那是卡片季，沒有地方放新書啊！」約莫二十年前，大家確實那麼熱衷的互寄卡片，用筆寫下深深淺淺的掛念與祝福，那些信封像長出翅膀一樣，飛進一個又一個信箱中。

如今，寫字的人少了，寫卡片的人更少，書店裡的卡片成不了氣候，比起前些年，款式與花樣都單調多了。那一天，我是去書店買筆記本的，同行的朋友問：「要不要順便買些卡片？」我搖搖頭，卡片不能順便買，這麼多年來，我都把買卡片這件事，慎重的記在行事曆上，特別空出一段時間，到書店去挑

選卡片，挑選寫卡片的筆，墨色與粗細，都經過嚴格篩揀，一點也不能苟且。因為，我寫的不只是一張卡片，我寫的，其實是給未來的詩。

卡片與書信的感覺不太一樣，在有限的空間裡，還要配合卡片的圖樣，確實得有點看圖說故事的本領。當你還是個滿地爬的小小孩，我去美國與你的父母和爺爺奶奶同住，與當時相戀的情人距離遙遠，沒有網路互通消息，我們便通信、寄卡片。每一張的圖樣，都蘊藏著一些思念的秘密線索，我寄過一張卡片給情人，是雪地裡騎著馬，披著鮮豔毛織披肩的印地安女人，我在卡片上寫著：「女人在風雪中，並不寒冷，她知道自己將往哪裡去。堅定的愛與思念，讓她如此鮮明亮麗，絕不會迷途。而我有著與女人如此相像的側臉。」多年以後，我仍記得這張卡片，原來，我曾經這樣愛過。我愛的那個男人，不久之後寄來一張卡片，是在湛藍的夜空裡，一彎月亮上，坐著戴睡帽的傻乎乎的小熊。他是這麼寫的：「月亮瘦瘦地，上面坐著一個不肯睡去的，有盼望的

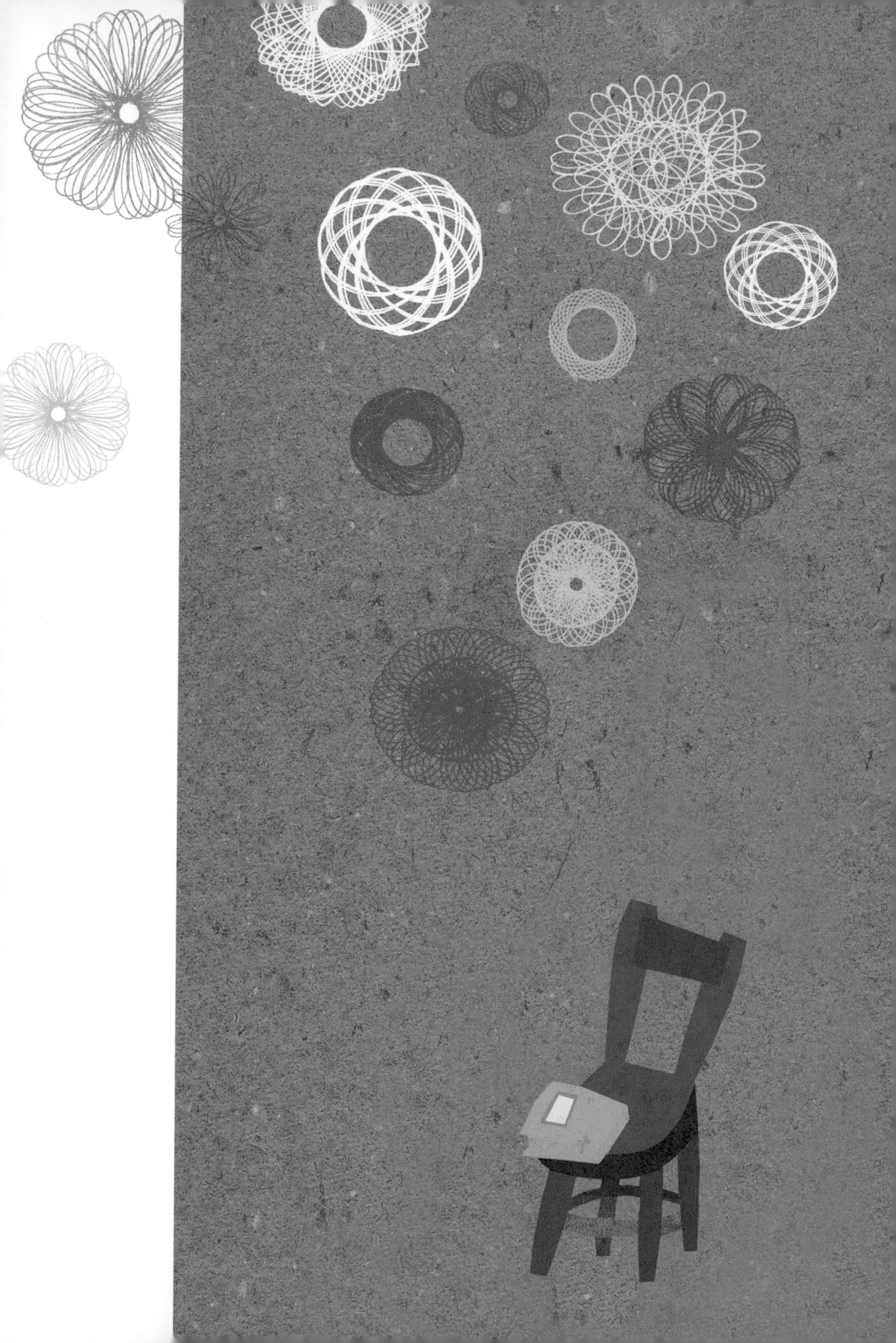

人。」多年以後，我無法忘掉這張卡片，原來，我曾經這樣被愛著。

親愛的阿靖。你和弟弟、妹妹，是這個世界上，我最鍾愛的孩子。當你們幼小的時候，常常畫卡片給我，設計了美麗的彩圖，用蠟筆寫上許多祝福的話語，大概把學會的好話與吉祥話全部都用上了，這麼豐盛的愛意與情感，是我永遠都不會忘記的。

當我出發前往世界各地去旅行，也習慣性的寫明信片或卡片，寄給親近的朋友，有時候，幾個好友結伴同行，找個咖啡館，圍坐一桌，各自寫卡片給朋友，也寫給彼此，心照不宣的，對坐在身邊的旅伴無聲的傾訴著。

常常，我總要寫一張明信片給你們三兄妹，訴說著旅行的心情與旅途中的見聞。收到明信片，你們很少提起，我有時候詢問卡片的下落，你才淡淡的說：「有收到。」我想，你或許還不能明白，卡片或明信片書寫時的那種心情，既孤寂又飽滿，在想像中達到了某種契合與圓滿。我想，或許要等到你戀愛了，才會有那樣的想望，帶著微笑，一筆一劃的，寫下細微又騷動的感覺。

並不是所有寄出的卡片，都能抵達。我寄給朋友的，或是朋友寄給我的卡片，仍有在宇宙間飄流著的，不知此刻到了哪裡？就像是有些傾訴與深情，並不會被聆聽，也不會被瞭解，但是，它們已經出發了，它們便真實的存在。

已經好久好久，沒有收到你的卡片了，這彷彿是理所當然的事。但我還記得，當年你們住在美國，你還不太會寫字的年紀，你的父親掌著你的小手，寫了一張母親節卡片給奶奶，那張卡片令奶奶那麼開心，貼在冰箱上好久好久，只有那一張，唯一的一張，當時感到那麼窩心，不知為什麼，如今想來卻有點淒涼。

好人不會有好報

做個謙遜自抑，與人爲善的好人，
並不保證能減少災厄與痛苦啊，

總是在退讓與忍耐中，不能任性，隨心所欲，人生的劫難也不能豁免的啊。

親愛的阿靖：

那是在秋與冬交界的時刻，我上陽明山接了一位老師，先去新落成的小學堂坐坐，再共進午餐。陽光那麼燦亮亮地，天空連一絲雲都沒有，將眼前所有的景象都抹上了一層亮漆，顯得那麼美好，像一場寧靜的夢。

我剛成年時就在課堂上遇見這位老師，曾經，不明原因的，因為敬意而生出畏懼來。雖然老師常鼓勵我，總給我很好的成績，我還是一點也不敢與他親近。直到唸了博士班，老師安排我在他職掌的系所任教，我依然那麼戒慎恐懼，連回答老師的問話都戰戰兢兢。二十幾年過去了，前兩年老師患了一場病，在情況不明，消息隔絕的那些日子裡，我才這樣明確的感受到，我像依戀著父親又像依戀著知己那樣的，依戀著他。

與老師歡聚之後的夜裡，我不期然的想到另一位已經遠行的老師。已經遠

行的老師能把蘇東坡與宋詞講得出神入化，大家聽他上課都要著迷，忘了今夕是何夕，彷彿起身推開窗就是汴京的春天。女同學更為老師的丰采如癡如醉，那些追逐著他的熱切的眼睛，引起許多嫉妒與破壞。老師是真正沖澹謙退的人，從不與人爭，一直退到了最南方才能安頓。他的家庭、情感，也充滿險阻坎坷。我有時夥著一、兩個同學到南方探望老師，他總是顯得很高興。隨著同學喚我的小名「小曼」，當我理直氣壯的說：「我才不是嫁不出去，我是不嫁出去。」老師便大大喝采：「小曼說得很好！是不嫁出去啊。」對我的驕縱非但不加以糾正，還表示讚賞。這種縱容，也是知己之情吧。

十幾年前，我終於買了自己的房子，是那個地區的最高樓建築，老師興沖沖的北上，來到這全無裝潢，其實挺簡陋的新居，坐在靠大片窗戶的位子上，看著青山與一整排飛翔而過的白鷺，欣喜地，像個孩子似的讚歎：「這裡應該掛上個鞦韆，感覺太好了！」我的老師比我還浪漫，我點點頭，對老師說，等

到鞦韆掛上了，再請他來驗收。鞦韆一直沒掛上，老師再也沒來過。

親愛的阿靖，而你知道，有些事錯過了，就是永遠。那個好人老師，我心中的一種典範，後來生了重病，飽受精神與肉體的痛苦折磨，宛在地獄中。初初聽聞消息，我愣了半天說不出話，好不容易掙出一句：「這麼好的人，為什麼遭遇這樣的事？」有位學長也熟知老師的為人與經歷，他用一種異樣的表情，有些驚詫似的看著我，聲音木木地：「誰說好人就會有好報？」誰說的？從小到大，不都這麼說？書上都這麼寫，戲劇都這麼演，「好人有好報」才能令大家心滿意足，這樣的安排絕不會遭人抗議的，只是，我們確實沒仔細想過，好人與好報之間有什麼必然的因果？孔子探望他喜愛的學生伯牛，悲慟的嘆息說：「斯人也，而有斯疾！」這麼好的人，怎麼竟要承受這樣的惡疾摧殘呢？

老師遠行之日，我趕到南方送他最後一程，聽見誦《心經》：「心無罣礙。無罣礙故。無有恐怖。遠離顛倒夢想……」竟然哭到不能自已，也不知道是為了老師？還是為了自己？做個謙遜自抑，與人為善的好人，並不保證能減少災厄與痛苦啊，總是在退讓與忍耐中，不能任性，隨心所欲，人生的劫難也不能豁免的啊。

那麼，親愛的阿靖，我們為什麼要當好人、做好事呢？我後來明白了，並不是為了博得好名聲；更不在乎今生來世什麼的，而是因為，這乃是我們的本性。我不相信人性本善，但我相信有些人的性格中，善的成分更多些。我想，我們恰巧都是這樣的人。

做一些好事；當一個好人，心中才能沒有罣礙，沒有恐怖，才能遠離顛倒夢想。這已經是最好的好報了，還該有什麼奢求呢？

景氣寒冬，情勢大好

如今想來，那些炎熱午後不肯睡去的時光，

坐在想像力的河岸邊，

充滿甜蜜魔法，原來那麼動人。

親愛的阿靖：

那天，我們一起看電視，新聞節目裡分析著未來的景氣狀況，學者專家紛紛預言，今年會愈來愈糟，明年比今年更壞，後年才真正跌到谷底。從谷底再爬升起來，不知道還得經過多少年？大人們討論起哪個朋友失業了，又有哪家科技公司數千名員工休無薪假，此起彼落的哀嘆聲中，我轉頭注視著你的側臉，一半是孩子的拙稚；一半是成人的凝重，看似面無表情的你，到底在想什麼呢？

等候著你的這個世界，顯然與二十幾年前等候著我的那個世界，是很不一樣的啊。那麼，我又能給你什麼建議呢？

幾個星期前，小學堂的一個天真的孩子跑來跟我說：「老師，我偷偷跟妳講，我爸爸在休無薪假喔。」「那妳就能常常看見爸爸囉？」我的直覺反應是

這樣的，小女孩皺起眉頭：「爸爸很愛生氣，媽媽叫我離他遠一點。」「喔，這樣啊。」雖然不是男人，但我覺得自己可以理解那個父親的心情。過了兩個星期，我問小女孩：「爸爸的心情有沒有好一點啊？」「他去騎腳踏車了，還到山上買高麗菜回來給我們吃。」這個星期，小女孩滿臉幸福的靠近我身邊：「老師，我爸爸騎車到學校接我放學耶，這個星期，我都沒去安親班，爸爸陪我做功課，我們還去等媽媽下班，一起搭捷運回家。」「哇！真是太棒了！」注視著女孩亮晶晶的黑眼珠，我忍不住的感謝與激動。

這個小女孩，顯然是經濟不景氣的受惠者，關鍵在於爸爸想通了，他不想當周杰倫〈稻香〉那首歌裡的失意父親，不想成為家人痛苦的來源，他努力為家人帶來幸福感受。這件事，確實讓我對於即將籠罩全球的景氣寒冬，有了不同的理解。換個角度想，這或許是個契機或轉機呢？

前三年，一位熟識的計程車女司機和我聊天時說，她讀到一本翻譯書，說

是因為經濟不景氣，我們將慢慢回到六〇年代的生活。「妳說，有這個可能嗎？」女司機問我。

親愛的阿靖。六〇年代？不就是我出生的那個年頭嗎？環視著城市裡錯綜繁複的高架橋與綿延不絕的車水馬龍，我感到懷疑，怎麼可能回到六〇年代？

六〇年代，許多物資都很缺乏，我身上穿的衣服多半是你奶奶親手縫製的，用一些募集來的布頭或毛線。一針一線，都好好蒐集著，奶奶以前有個圓筒型的藥罐，裡面裝滿了舊衣服拆下的鈕釦，也有拾撿來的鈕釦，全像寶貝似的收著，以備不時之需。那個年代，真正要丟掉的垃圾，少之又少。

我與你的父親，從沒喝過奶昔這一類的美味飲品，那個年代，可口可樂都還沒來台灣呢。我們姐弟倆最大的樂趣，是翻開從教會拿回家的外國雜誌，看著那些草莓奶昔或是香蕉聖代的照片，垂涎三尺。我用手指點住其中一杯，幻想著施行魔法，再將手指指向你的父親：「這杯給你喝。」他噘起嘴彷彿真的嚐到了香甜濃滑的奶昔，滿意的點點頭：「嗯，真好喝。」如今想來，那些炎熱午後不肯睡去的時光，坐在想像力的河岸邊，充滿甜蜜魔法，原來那麼動人。

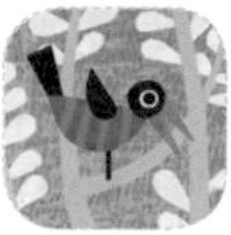

這幾天，計程車女司機問我，還記得她曾說過的，經濟不景氣，將倒退至六〇年代的事嗎？她說她發現許多餐廳門前，真的是門可羅雀，但是，通往郊區的山徑上，卻停滿了大大小小的車輛。許多人都是一家大小出遊，他們捨棄了在餐廳聚餐的方式，改為戶外活動。一片青草地、一座小森林、一條溪水畔，鋪一張野餐布，圍成一圈坐著，將料理好的食物擺放出來，就這麼吃起野餐來了。確實是為了因應不景氣，改奢華為樸實了，然而，卻有機會與自然親近，這是多麼難得的幸福？

其實，六〇年代的我們，就是在這樣的環境中長大的。

那時候，我的父親也曾騎著腳踏車載我去上學；那時候，我的母親總是預備著野餐帶我們去郊遊，那時候的天特別藍，溪水特別乾淨。如果，景氣的寒冬是重返六〇年代，讓我們有機會與家人更常相處；讓我們的生活與心靈緩慢下來，那麼，親愛的阿靖，這未嘗不是一個大好的情勢，一個奇妙的轉機啊。

看著你的側影的我，靜靜地微笑起來。

和瘋子沒差別

曾幾何時，快樂成爲長大的祭品，若不獻上快樂爲犧牲，就長不大似的。

可是，我們又有什麼選擇呢？

親愛的阿靖：

當你想做一件事，並不獲得支持，人們基於好意勸阻你，甚至用實際行動阻撓你。而你依然故我，堅持做下去，於是，旁觀的人嗤之以鼻：「你瘋了嗎？」這時候，你會感到憤怒嗎？或是感到無比的孤獨？在我看似溫馴的生命歷程中，不只一次被人譏嘲：「妳瘋了嗎？」而我確實是在一種類似癲狂熱烈的非理性衝動下，完成了一些別人沒做過的事。

但是，我並沒把自己當成瘋子；我想，那些贊同或反對我的人，也沒真把我當成瘋子。

直到，我認識了Amanda阿姨的鄰居。你知道我和Amanda是少女時代就相識的好友，有段時間，因為合作一個計畫，我常常進出她的工作室，那是一幢近二十年的大廈，住辦合一。Amanda在九樓，七樓是住家，有個年齡與我

們相仿的女人，引起了我的注意。那一天，明明是很熱的三伏天氣，那個高大的女人卻穿著厚重的毛衣和大衣，搭乘電梯，出門去了。上了Amanda的車，我忍不住說：「妳的鄰居很怕冷呢！」「她今天還算是好的。」Amanda說。這位七樓鄰居的家人彷彿遭到詛咒似的，接二連三發生不幸，她自己也剛從療養院出來不久，她年邁的母親，特地到每一戶人家去說明自己女兒的狀況，請左右鄰居多多體諒。

「看見那個媽媽的樣子，我真的覺得好難過。」Amanda說，她遇見過這個七樓女人，拉著同幢住戶一位年輕媽媽，不斷跟人家說：「妳不可以把小孩送去幼稚園，你知道嗎？他們的純真本性會失去了，然後，他們就會變成不快樂的人了！小孩子是最重要的啊！我們要保護他們啊！」那樣的苦口婆心，她講得自己的眼睛鼻子都紅了，而那個年輕媽媽既驚惶又氣惱，倒有幾分東窗事發的窘迫模樣。我思量著她說的話，不知道為什麼，竟有些被觸動了。

親愛的阿靖，當我們小的時候，確實是比較快樂的啊，那時候，純真是最好的保護傘，我們在它的庇護下，不識憂愁滋味，一點點小事也能讓我們好開心，放聲大笑。我們快樂，並且享受快樂。曾幾何時，快樂成為長大的祭品，若不獻上快樂為犧牲，就長不大似的。可是，我們又有什麼選擇呢？

「我也常說，小孩子是最重要的，我們要保護他們。」我對Amanda說，她挑了挑眉，沒有說話。

Amanda說她有一次半夜才從工作室回家，遇見搭著電梯亂逛的七樓鄰居。「妳也睡不著啊？」鄰居的眼睛異常炯亮，黑眼圈像是最時尚的彩妝，強自壓抑的狂亂，令她看起來有種危險的美麗，她對Amanda說：「真的好吵喔！這麼多聲音，

怎麼關都關不住。」「用耳塞吧。」疲憊的Amanda對她說：「我睡不著的時候都用耳塞。」Amanda後來跟我說，她其實非常明白，真正失眠的時候，用耳塞是一點用也沒有的。她說她也有過睡不著的時候，失戀的那一年；事業出現瓶頸那一次；在枕上翻來翻去，看著窗外漸漸變白，對抗著每一秒鐘的崩潰與抓狂。

過年前的某一天，我和Amanda吃過午飯，一起搭電梯回工作室，電梯門將關起時，七樓鄰居才趕著進來，她和Amanda微笑打招呼：「吃過飯了嗎？」Amanda隨意同她聊了兩句，當然是各說各話的。七樓鄰居出了電梯之後，電梯裡一直默不作聲的另一位鄰居，帶著微妙的笑意對Amanda說：「她是瘋子。」Amanda點點頭，當九樓抵達，要出電梯時，她對那鄰居說：「誰不是呢？」

進了工作室，我敲了敲Amanda的頭：「妳是不是壓力太大了啊？」

Amanda古里古怪的笑著說：「大概是吧。」

過完年，我去Amanda那兒，一大早，就遇見七樓鄰居，她也起得好早，和我一起過街，進入大廈。那天夜深時分，我才從大廈離開，和她一起站在紅磚道等紅綠燈，我們的長外套都被寒風捲起衣角；我們的髮絲都被吹得零亂不堪；我們的臉上都是疲倦的表情，都有著憔悴或倉皇，我們轉頭看看左邊，又轉頭看看右邊，先後穿越暫時停止的車陣。奔向自以為是的人生。

親愛的阿靖，在這時候，不認識我們的人，如何能分辨，誰是瘋子呢？

我的自以為秩序井然，目標明確的人生，和瘋子有什麼差別？

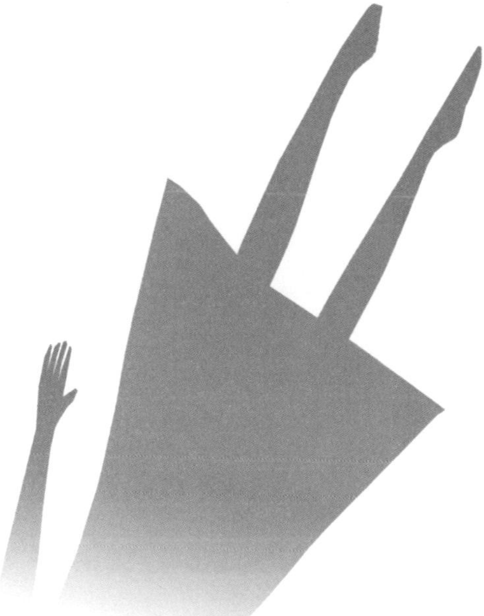

眼珠的轉動，氣息的頻率，情緒的起伏，

彷彿我在窺探的，是她內在的靈魂，一個秘密的領地。

閱讀的姿態這麼美

感受到同伴在閱讀過程中的細微變化，

親愛的阿靖：

午後的秋日陽光，透過窗簾，溫和的照進教室，那是小學堂上課前的十分鐘，許多國小的孩子已經吃過午餐，他們進教室去，三五成群的聚在一起。有些在背書；有些在下棋，總會有幾個愛閱讀的孩子，聚攏在書架旁，席地而坐，垂著頭，專注的閱讀著。他們是最安靜的孩子，卻最吸引我的眼光，我覺得他們非常美麗。

看著他們的時候，我想到自己小時候，課外書那麼缺乏的年代，哪個孩子家裡有故事書，就變成眾星拱月的公主或王子，大家努力討好他們，為的是跟他們借書。沒有書可以讀的年代，那麼渴望閱讀。小學四、五年級時，每個教室都規劃出一個小小的閱讀區，由學校圖書館提供幾本書，輪流在每個班級借給學生閱讀，不管有多喜歡那本書，一、兩個禮拜之後，它都會離開。

為了節省閱讀時間，我和好朋友共讀一本書，這樣一來，就可以在故事書離開我們教室之前，把所有的故事都讀完。我們併肩坐下，將書攤展開來，平放在她右邊膝蓋與我的左邊膝蓋上，我們的視線與呼吸幾乎調成一致，配合著彼此的速度與感受，有時候她先讀完一頁，有時候我先讀完一頁，我們必須按捺住好奇，等待，等著一起翻頁，一起發出驚歎或笑聲，有時是眼淚。

可能因為併肩貼靠著的關係，我特別能感受到同伴在閱讀過程中的細微變化，眼珠的轉動，氣息的頻率，情緒的起伏，彷彿我在窺探的，是她內在的靈魂，一個秘密的領地。

從那時候我就知道，閱讀是一件很深沉的事，一種很繁複的活動。只是，看起來安靜而已。

親愛的阿靖，還記得當你幼小時，我們在午睡前的那些閱讀時光嗎？沒有孩子愛睡午覺的吧，雖然長大後才明白，可以睡午覺是多麼奢侈的幸福。為

了安撫你們的情緒，我便在你和妹妹中間躺下，開始講故事，說的是兩個鼠兄妹的故事，說他們到深深的米缸裡去偷米，以及接著發生的冒險故事。你和妹妹很清楚知道，鼠兄妹應該有著與你們一模一樣的面容，於是，你們也興高采烈的參與著，冒險的規模愈來愈大，闖的禍愈來愈多，直到大貓爺或大貓婆出現：「還不睡？這麼吵鬧！」我們三個人很有默契的閉上眼睛，不久，你們就睡著了。

再大一點，我們便輪流讀故事書，更小的弟弟也加入了，他其實還不識字，卻也有自己鍾愛的故事，那是一篇日本童話〈人魚與紅蠟燭〉。有個來自大海的人魚，被老爺爺、老奶奶收養，每天在櫃檯後方畫著紅色蠟燭，漁人買了蠟燭點燃，行船海上，就能平安豐收。可是，老爺爺和老奶奶最後決定把人

魚賣給馬戲團，換一筆錢養老。這是個悲傷的故事，卻令弟弟那麼著迷，他要求我一遍又一遍的講述，從熟悉的故事裡，我們到底可以獲得什麼呢？一條已知的路徑，通向的不再是目的地，而是路上細微的景物，那些一閃而過的剎那，我們試圖看得更清楚。

當網路愈來愈無所不在，無所不能，我總被問道：「有一天，網路會不會全面取代紙本？」或者是：「文學並沒有實用價值，我們為什麼要閱讀？」網路比較像是一種即時的傳播媒體，能夠迅速有效的帶領我們抵達目的地，卻無法令我們一遍又一遍的觀看那些細微的景物，紙本的優越性，就在這裡。打開一本書，嗅聞它的氣味；觸摸它的質感，真正懂得欣賞的人，會像品味紅酒或是鑑賞珍貴皮革那樣的，感受一本書。至於文學有沒有實用價值，就得看看你怎麼看待靈魂了。文學的閱讀與一切藝術活動一樣，都屬於無形的、內在的、靈魂的層次，它不同於有形的、外在的、專業的這個層次，卻是非常重要的。

有些人在專業能力上有很好的表現，卻始終感覺空虛、煩躁、不快樂；有些人或許在生活上表現平庸，卻擁有平靜、知足、感激與喜樂。受到滋養的靈魂，才會有快樂的人生。而我相信，閱讀是一種豐厚的滋養。

我的眼光時時搜尋著閱讀的人，書店或圖書館；車站或河邊；咖啡館或高山上，那微微俯就的姿態，專注的神情，謙遜而優雅，看似靜默，卻蓄積無比的爆發力。

陽光下，聽老人説説話

老人擁有最多的就是時間，

經歷病痛衰老才明白，

所有世俗的功成名就都是虛空。

親愛的阿靖：

有一天，我夢見自己老了。你可能會忍不住發笑，在心裡說：「拜託啊姑姑，妳現在就已經老了。」是啊，我知道在你的眼中我是老的，但在很多時候，卻還有著自己依然年輕的錯覺。年輕的感覺就是，這世界是為我們開展的，有好多希望和可能性等在前方，我們不懼怕失敗，不懼怕摔跤，什麼都不懼怕。

老人摔一跤，可就慘了。

自從你生下來，就與老人相處，你有爺爺、奶奶，外公、外婆，你知道和老人生活在一起，是什麼樣的感覺，但是，這幾位老人都算是身心健康硬朗的老人，並不是病弱、萎頓、失憶或叨絮的老人。「家有一老，如有一寶」，這句俗諺，就是這些老人的寫照。有些老人長期臥病在床；有些認不得身邊的

人，連自己都不認識；有些忌刻忿怒，終日訾罵咒詛親近的家人，令人相當痛苦。但是，我相信老人也不希望是這樣的，都是情非得已。

我曾教過一群日本學生，他們開業式那天穿著正式服裝，一個個面色凝重，好像來參加喪禮。脫下西裝上課之後，就變得活潑刁鑽又搞笑。我給他們上的課是會話練習，有一回出了個題目，請他們介紹自己的家人，那個最滑稽最得人緣的男生說，他希望爺爺可以從家中消失。我問他為什麼？他說因為爺爺總是說，等他買到機關槍的那一天，就會用槍掃射全家人。

哇哈哈哈！不明白為什麼，全班十幾個人笑得那麼瘋狂，講話的男生自己也笑到岔氣，渾身抖動。而我明明記得他剛剛才說，他長得最像爺爺，這到底是怎麼樣的一種家庭關係呢？這麼緊繃的尖銳刺激，為什麼竟會令他們這樣狂笑？那是一個非常壓抑的民族啊，一生壓抑的老人，幻想著射殺自己全家人，到底有什麼笑點？直到現在，我也不明白。

「老而不死是為賊」，說出這麼驚悚的話來的，正是我們這個標榜「敬老尊賢」的民族，

而且還是出自孔夫子的口中，是不是很令人詫異？

其實，這是有前因後果的三句話，孔子說：「一個人年少時不懂得謙遜友愛；成年後對國家社會沒有任何貢獻；年老時毫無品德卻還長久的活著，真是令人不齒啊！」以儒家的實用觀點來看，這樣的人豈不是白活了？白活也就罷了，年老之後若還為所欲為，又不能像管教小孩那樣的管教，不良老年確實比不良少年更令人頭疼啊。

親愛的阿靖，我是在沒有老人的環境中成長的，奶奶教我唸童謠：「人老了，人老了，先從哪裡老？記不住的事情

多，記得住的事情少。」接著是，吃不動的東西多，吃得動的東西少；看不見的東西多，看得見的東西少，就這麼一路數下去，當我用稚嫩的童音唱歌似的唱著，還不能瞭解其中的失落與感傷。直到我第一次幫奶奶穿針的時候，那首歌謠忽然輕輕撞了我一下；直到我抱怨藥瓶上的提示字體小得不近情理的時候，那首歌謠重重撞了我一下，把我撞得發暈。啊，原來這就是老。

當我很年輕的時候，就知道老人的共通性，喜歡嘮嘮叨叨的講古。許多年輕人避之唯恐不及，我卻覺得可以聽老人家說話，是幸福。看過電影「班傑明的奇幻旅程」之後，突然發覺，這個生下來就很老很醜的孩子，可以在老人院中長大，是多麼奢侈的幸福。老人教他彈琴；唸莎士比亞的劇本給他聽；對他講述自己被雷擊七次的神奇經驗，老人擁有最多的就是時間，經歷病痛衰老才明白，所有世俗的功成名就都是虛空。我有幾個被爺爺或奶奶教養長大的朋友，我迷戀他們身上的某種特殊氛圍，舒緩、慷慨、溫柔，而又藏著淡淡的憂傷。「小時候，和爺爺午睡，仰望他滿是皺紋的臉，一面覺得幸福，一面又覺得哀愁。心裡想，爺爺很快會離開我的吧。」跟著爺爺長大的那個朋友說。

我不明白，為什麼有些人輕蔑老年人，他們難道不知道，只要活下去，就會成為老人？或許他們是知道的，看見老年人正提醒他們不想面對的事？

親愛的阿靖，天晴的日子裡，去和老人聊聊天，陪他們曬曬太陽，聽他們說說話。那不僅是他們的歷史，也是我們的未來。

沒有一種工作是卑微的

不管從事的是什麼工作，

最重要的，是發掘它的價值與貴重，

那會讓你每一天的日子，都閃閃發光。

親愛的阿靖：

還記得小時候與你們用繪圖故事溝通的Samuel叔叔嗎？他是我的好夥伴，我們曾一起工作、一起創作、一起旅行、一起玩樂，根本就是一起過生活。當你們還小的時候，他也陪著你們遊戲，讓你和妹妹玩他新買的蘋果電腦。他更創作了一個小豬的世界，在圖畫本裡畫出一個又一個故事，讓你們玩故事接龍。童年時，用溫柔與想像陪伴啟發過我們的人，是永遠都不會忘記的吧。

Samuel叔叔最近從日本回來度假，我們約了去東區一家茶館聊天，明明是帶著地址的，兩個人卻在錯綜複雜的巷道中迷了路，轉來轉去，門牌號碼變化莫測，這下竟有了出國旅行的感覺。掙扎半天，決定把自己當成外地人，問路吧。該向什麼人問路呢？四下張望，眼角餘光看見一抹綠，啊，是

郵差先生。

我載欣載奔的朝他跑去，「不好意思，請問一下……」綠衣人轉過身來，那是一個五十歲左右的中年人，面無表情，眼中有點疲憊的灰暗，手上拿著一疊信件。我說出了尋找的地址：「找了好久，都找不到。」綠衣人的背脊忽然挺直了，他的雙眼炯炯有神，很權威的伸手指向前方：「妳就從這裡，過一個巷口右轉，再左轉，就可以看見了。他們門口有種一排矮矮的樹叢啦！」

「嘩！」我發自內心的讚歎：「好厲害啊！」向他道謝之後，我與Samuel叔叔往那條被照亮的明路走去，卻聽見綠衣人在身後喊著：「這種事，問我就對了！」我轉身向他揮揮手，不騙你，他的模樣與一分鐘之前，大相逕庭了。

當我們有了電腦與手機，誰還會去買郵票、寫信、投遞呢？總按兩次鈴的郵差先生；被狗追的綠衣天使，與我們的生活彷彿再無關聯了。他們依然盡職的投遞，卻不再有等待家書的母親；等待情書的戀人，收信的人，成了公事公辦的大廈管理員，投進信箱裡的是廣告、宣傳單、罰單、繳納通知書。看電影「海角七號」的時候，我們會在笑聲中感受到他們的存在，笑完之後，也就拋諸腦後了，因為一封跨越六十年的情書，不是人人都能收到的。

而在那一天，漸漸失去動力的郵差先生，在為迷途的人指點方向的瞬間，忽然意識到，他們彷彿是這城中的巫者或智者一樣，能指引每條阡陌的幽密所在，知悉每個門牌號碼的前世與今生，他的存在，是這座城市裡珍貴的資產。只是被他人遺忘了，自己也遺忘了。

不管什麼樣的工作，都是莊嚴的。當我們還是小孩，就會模仿工作中的人，我和你父親小時候，模仿的是公車司機和車掌；你和弟弟、妹妹小時候，模仿的是餐廳老闆

與廚師，當我們還沒有工作，便充滿著對於工作者的欽羨之情，總覺得真正擁有一份工作，才是成年了。

從小我們也不斷練習著工作想像，「我的志願」、「寫給二十年後的自己」這一類的作文題目，問的都是同樣的問題：「長大之後，你想做什麼？」

親愛的阿靖，記得妹妹小時候的志願嗎？那是全家團圓的除夕夜，紅包都準備好了，鞭炮聲炸響了寒冷的空氣，爺爺殷切的問了小學一年級的妹妹：「長大後的志願是什麼啊？」

妹妹仰起臉，熱切的回答：「等我長大以後，我要當僕人！」

那一夜，所有的大人都有點惶然失措，有繼續保持慈愛笑容的；有反應忽然遲鈍的；有堅信她的志願會改變的。而我知道，她是認真的。因為她充滿了為人服務的慷慨；悲天憫人的善良；時時觀察體貼著他人的需要，她喜歡打掃環境，照顧別人。而她所認識的「僕人」這個工作，正好讓她發揮所長。

不管從事的是什麼工作，最重要的，是發掘它的價值與貴重，那會讓你每一天的日子，都閃閃發光。

親愛的阿靖，你知道，妹妹的志願不再是僕人了。今年過年我問了她，她說：「我要當管家。」

愛我的，我愛的

愛情令你成爲一團理不清的絲線，每根細細絲線都通上了電，那樣敏銳，一點點撩撥便能引起歡欣或是憂傷或是疼痛。

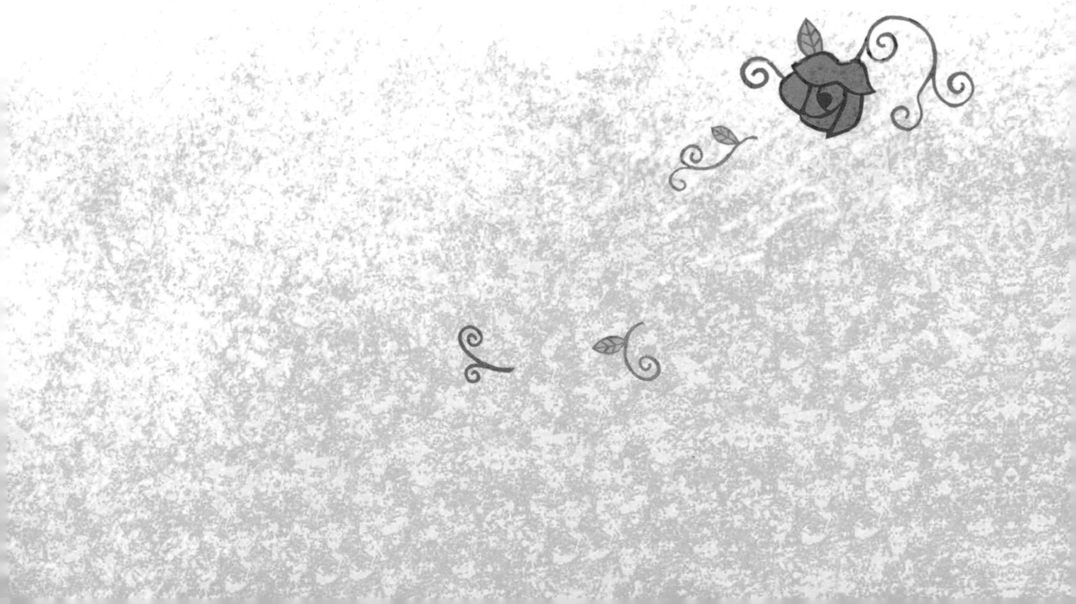

親愛的阿靖：

近來的你，看起來總有些小小的悒鬱。每天照樣去上學，和哥兒們有說有笑；周末還是奔馳在球場上，舒展手臂投籃得分；英文話劇比賽扮演男主角，還能得個大獎；和弟弟妹妹聊著冷笑話也能哈哈的笑起來。表面上看起來，一切如常，但那麼幽微的一股淡藍色空氣包圍著你，正確的說法是，從你的心裡散逸出來。這悒鬱的來源，我後來漸漸明白，是為了一個女孩。

「我想，我應該是愛上她了吧。」你愛的那個女孩，你們曾經掛在網上聊到半夜；生日時為彼此挑選特別的禮物；手機裡每天接收和傳送甜蜜的悄悄話；在滿是同學的教室裡，交換過許多默契的眼神與微笑。原本你以為，愛情的感覺，是爆烈燃燒的一團火，後來才知道，其實並不是的。愛情令你成為一團理不清的絲線，每根細細絲線都通上了電，那樣敏銳，一點點撩撥便能引起歡欣或是憂傷或是疼痛。每根絲線日以繼夜的接收與放射，各種鮮明純粹的感受。

直到她的態度轉變了，改變的原因或藉口可以有千百種，真正的關鍵卻只有一個，你知道的，我們都知道，她不愛你了。而你還愛著她。這便是愛的苦惱。

愛的苦惱，並不是愛的本身，而是因為得不到同等的回報。看見她或見不到她的時候，都被深深的渴望壓迫著，想要把話說清楚，到底為什麼？是我做錯了什麼？說錯了什麼？為什麼不告訴我，我該怎麼做？為什麼不告訴我，妳到底想要什麼？為什麼不再試試看？我還是這樣完整的，單純如初的，甚至比之前更強烈的愛著妳。

為什麼不再愛我？

我們要問的，其實只是這句話。當愛情失去之後，卻又顯得那麼徒勞。

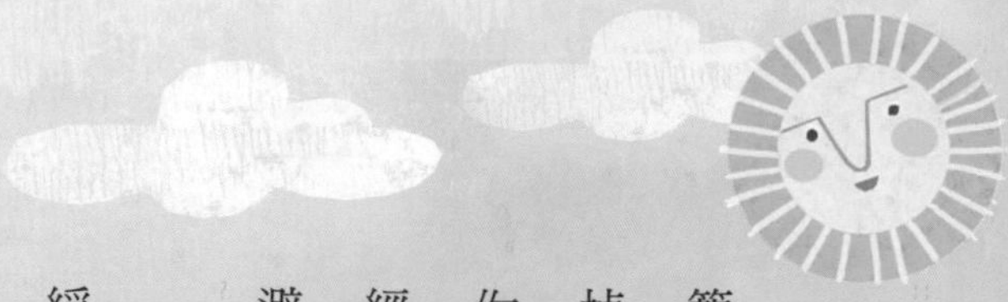

於是，失去愛的我們，回到自己的洞穴，無比遼闊卻又陰森黑暗的心底牢籠，絕對孤獨的，用回憶敲擊打火石。火光磷磷，宛若來自鬼域，那是已經死掉的歡樂幽魂，擦身而過，吟唱著薄脆的戀歌，每一個音符都能割傷你，逼著你非聽不可。要到夜很深很靜時，痛苦尖銳來襲，從指尖開始，沿著血管與神經，你幾乎可以看見它以怎樣的方式迅速的吞噬宰制你。無法招架也不能逃避，你產生如此確切的感受，指甲和髮梢也有痛感，不能倖免。

每天都要痛上至少一次，痛苦在孤單時漲潮淹沒，不知道歷經多少時間，緩緩退潮，你又可以順暢的呼吸。所幸，痛楚和愛情一樣，也是有生有死的，它會老去，然後釋放你。某一天，你發現那個黑暗洞穴封死了，找不到路徑，你的生活裡再度充滿燦亮亮的陽光。

你舒了一口氣，露出白白的牙，笑著說：「愛人這麼痛苦，被愛也許比較幸福呢。」愛人與被愛，你會選擇哪一種呢？我們常要回答這樣的問題。許多

人會選擇被愛，以為這樣比較幸福，比較不花費力氣，比較不會受傷。卻忘記了全心全意愛著一個人的時候，是多麼的狂喜，多麼快樂。

你認識的小熊哥哥，在「被愛」這件事上，吃了不少苦頭。他肯定不會同意，「被愛的人比較幸福」這樣的說法。他在社團裡遇見一個學妹，有種似曾相識的感覺，辦活動時被分在同一組，成為合作密切的搭檔。學妹是個美麗的女孩，引起許多男生的注目，小熊像個哥哥那樣擔任起護花使者來，學妹對小熊更是無微不至，從親手做早餐到手織圍巾，柔情體貼。直到大家都當他們倆是一對，小熊覺得有必要表態，他告訴學妹，他喜歡她，就像哥哥喜歡妹妹那樣。

「所以，你並不愛我？」學妹迅速凍結成冰。小熊解釋，他很珍惜學妹這個朋友，只是，他知道這並不是愛情。他說他很希望能保有這份可貴的友情，但若是學妹不願意和他做朋友，他也可以理解，他尊重學妹的決定。學妹很悲傷的離開，過幾天又回到小熊身邊，她說她還沒準備好，也無法做決定，希望能保持現狀。這種欲走還留的情況，成了令兩個人都痛苦的循環。學妹覺得小熊辜負了她的心意，小熊自己也滿懷愧疚，「你眼睜睜看著，有個人因為對你的情感而痛苦，你怎麼還能快樂呢？」

「有一天，她不再愛你，一切就結束了。」我以過往的經驗安慰他。「寵辱若驚，寵為下」，那個人愛你，主動權不在你，你只是被愛，因此那個人隨時可以不再愛你。小熊後來失魂落魄來找我，他說，學妹有一天忽然不再理會他，彷彿看不見他，也聽不見他。他覺得難過，覺得不應該是這樣的，就算不能當朋友了，也該好好告別。學妹告訴他：「當朋友是不可能的。我幾時說過要當你的朋友？我現在想想，覺得那時候真的很白癡，而且很不值得。」小熊的遺憾是因為，他覺得自己一直小心翼翼不去傷害學妹，卻仍讓學妹受到那麼大的傷害。我對他說：「其實，你一直覺得自己傷害了她，因為你不能回報她

的愛，這始終讓你感覺愧疚。不是嗎？」

親愛的阿靖，你和小熊哥哥都是認真看待感情的人，於是，不管是愛人或被愛，都免不了要承受痛苦的。

如今想來，愛情中的痛苦與歡愉總是併肩而行，不可分離的。我愛的人，讓我的生命充滿能量；愛我的人，讓我知道自己美好值得盼望。這份愛能停留多久，並不重要，重要的是，愛我的與我愛的人，雖然都曾令我落淚，但我不會忘記，因為這些愛，我變成一個更好的人。

專注才是王道

當我安靜下來，世界便緩緩向我開展——
許多聲音、影像、氛圍、氣味，以及情感細微的變動，滾滾而至，波濤洶湧。

親愛的阿靖：

在大學的課堂上，有一群與你差不多年紀，將成年而未成年的學生，做為他們的導師，每個星期我們總要討論一個話題。由他們發問，大家稍稍討論之後，我再說出我的想法。那一天，他們將題目寫在黑板上：「學歷與專長，到底哪一項更重要？」感覺挺老梗的，從我們五年級生開始就熱烈討論著，顯然到八年級生依舊感到迷惑。

學歷與專長當然都重要，但，實在比不上一件最重要的事，那就是自己的天賦與愛好。學歷或者是專長，都可以藉由訓練而達到，但是天賦啊，是那麼神奇的，生下來就具備的魔力。我清楚記得自己小時候，可以安靜地獃在窗邊好久，看著灰黯的烏雲聚攏在山邊，閃電、打雷，接著落下豆大的雨點，像無數纖細的手指，狂烈地彈奏著天地，宛如龐大的交響樂。我可以一坐就是一、

兩個小時，眺望著山上那叢竹林彎腰的姿態，彷彿它們聆聽著什麼趣味的事，東倒西歪的笑個不停。其他的孩子忙著跳雨後的水坑，將水濺得好高，我嗅聞著雨後大地豐富的各種氣味，感到迷醉。那時候，並不知道發獃其實也是一種天賦，一種愛好。當我安靜下來，世界便緩緩向我開展——許多聲音、影像、氛圍、氣味，以及情感細微的變動，滾滾而至，波濤洶湧。

我能觀察，還能表述，二十年後，等我真正成為一個寫作者，才明白這就是所謂的天賦。找到天賦並沉浸其中，自然生出一種專注。做著自己愛好的事，不管多累都置身天堂，充滿喜悅的情緒。曾經，我還用手寫稿子的年代，某個暑假因為用力過度，手腕韌帶受傷，無法彎轉，其實很痛苦。但是，當我專注地在稿紙上寫著每個字，當我看見故事中的人物直立起來，他們笑著、愛著、傷害彼此、悲傷的哭泣，便再也停不下來了，只能日以繼夜的寫下去。我忘了手腕的疼痛；忘了疲憊，忘了我自己。

和朋友一起午餐時，她告訴我前兩天去一家三明治店，看見櫃台裡站著的服務生一臉恍神的樣子，便暗中提高警覺。一整排的餡料中，朋友指了指洋蔥，清楚說明：「我不要洋蔥。」服務生點個頭表示聽見了，接著挑好麵包，服務生問：「要不要烤？」朋友說要，再附加一句：「我不要洋蔥喔！」服務生大概覺得很囉唆吧，連頭都不點。烤好麵包便抓起餡料夾進麵包裡，生菜、黃瓜、番茄、起司，洋蔥，服務生的手硬是塞進了洋蔥盒中，我的朋友不禁哀嚎：「我不要洋蔥啊！」聽完這個洋蔥歷險記，我忍不住笑起來，朋友當時的迫切緊張與沮喪，以及服務生無辜而驚惶的表情，如在目前。

我有一點同情朋友，她的午餐顯然不太圓滿；但我更加同情那個服務生，如果沒能找到令自己專注的事來做，他的一生都不會順遂的。

親愛的阿靖，那天下課之後，我不免有點擔心，學生們問的不是學歷與專長嗎？我為什麼不談學歷也不談專長，而跟他們談天賦和專注呢？他們出的是

INK

選擇題，我為什麼給了申論的答案呢？因為我後來發現，天賦和專注才是一切的根本啊。

「如果沒什麼天賦，又該怎麼辦？」你也許會這麼問。

李白說得好：「天生我材必有用」，不知道他寫這首詩的時候，是喝醉的還是清醒的狀態？但，這句話是真理。每個人都有天賦，只是有些人終其一生沒發現罷了。小時候的我，也不覺得自己有什麼天賦的，發獃，哪能算是一種天賦啊？後來才明白，這天賦是立體而深邃的，一層層挖掘下去，一點點堆砌成現在的這個我。

那麼，開始發掘自己的天賦吧，探測的方式很簡單，那些能令你深情一往，十分專注的事物，嫌疑最大。

唯有此刻我活著

我做著所有該做的事，我只存在於那個當下，

沒有過去，也沒有未來，只有無窮無盡的現在。

親愛的阿靖：

我所仰慕的那位美麗女作家，因為心肌梗塞過世了。許多朋友在第一時間向我轉播了這個不幸的消息，他們在電話裡的短暫停頓，我明白，是一種警示的意味。心肺功能不佳，工作負擔超重，又恰巧身為一個女作家，朋友們語意間的暗示，其實是很明顯的。

「姑姑，妳真的好忙喔。」你還小的時候，有一次這麼對我說。不管在家裡我們玩得多開心，多瘋狂，時間一到，我便抽身而出，進房裡換衣服，趕赴下一場約會。你們仍在剛剛的遊戲氛圍中，以一種遼遠而疏離的眼神，看著我告別出門。有一次妹妹和弟弟賴在我懷裡，他們異口同聲的說：「我不喜歡姑姑不戴眼鏡的樣子，也不喜歡姑姑化妝的樣子。我喜歡姑姑現在的樣子。」當姑姑除下眼鏡，化好妝，就是要出門的時候了。我會意的笑了笑，把乾淨素顏

的臉貼在他們身上。

有一天，我是這麼度過的，早晨在大學裡上完四堂課，接著趕到電台去錄音兩小時，然後又接受了雜誌記者的訪問和拍照，再去和出版社開會，晚間還與朋友餐敘。不斷轉換著場景，不斷調整著心情，保持活力與微笑，以及耐煩。常有記者問我：「在妳的作品中，總是那麼溫柔的撫慰著讀者；而妳本人看起來又那麼從容不迫的樣子。妳是怎麼做到的呢？」我必須感謝在生活中妥貼地照顧著我的家人與朋友，除此之外，就是一種良好的，必要的心態，活在當下。

親愛的阿靖，你知道我的生活並不都是那麼如意的，也會有一些撕裂靈魂的痛楚和創傷，我也會憤怒、激動，像野獸一樣吶喊，只是，要交的稿子還是得寫；要上的課還是得教；還有演講、採訪、各種不同的活動得出席。已經應承的事，我不能告訴別人：「很抱歉，我太難受了，沒辦法做這些事。」一個

也在創作的朋友，曾經質問過我：「我們為什麼不能為自己活，妳總是顧慮著別人，有必要活得這麼辛苦嗎？」她宣布要為自己活著，自己的情緒才是最重要的，已經答應別人的事，隨時可以改變主意。「妳難道沒有生過病？失過戀？那麼那麼痛苦，怎麼還能創作啊？」我當然生過病，當然失過戀，當然體會過那麼那麼痛苦的滋味，我可以瞭解她的心情與作為，但，有一種神秘的經驗，發生在我身上，卻是很難解釋的。

承受著極大的痛苦，我依然把自己放在應該出現的地方，做著應該做的事。奇妙的是，當我專心投入那件事，或是教書、或是創作、或是廣播，一張奇異的保護網便逐漸成形了，溫柔而堅韌的包覆住我，像一個溫煦的小宇宙。在那個小宇宙中，我舒展手腳，抬頭挺胸，呼吸吐納，一切痛苦憂傷都遠離。我做著所有該做的事，我只存在於那個當下，沒有過去，也沒有未來，只有無窮無盡的現在。

我們的痛苦或煩惱，很多時候，是來自於過去，或是瞻望於將來的吧。曾經做過的那些不夠圓滿的事，像鬼魅一般糾纏著我們，使我們輾轉失眠，無法安寧。未來可能發生的那些沒把握的事，像幽魂一樣騷擾著我們，使我們晝思夜想，焦慮煩躁。而此刻呢？因為習慣性的忽略了它，於是，它終將化作過去的鬼魅了。

我漸漸成為一個比較從容自在的人，是因為我沒有過去，也沒有未來，只活在此刻。我的力量蓄積在此刻，此刻也給我無窮的希望，不會帶來未來的幽魂。

兩年前的暑假，我摔傷了腳，得靠著助行器行走，仍舊到小學堂去上課。你陪著我上課下課，護送我回家。親愛的阿靖，看著我吃力的樣子，你說：「真希望姑姑趕快好起來。」我知道未來一定會好起來，但我是多麼珍惜此刻，夕陽的光芒將我們染成緋紅，你小心的扶持著我，一面伸手阻攔來往車輛，緩緩過了街，回家。

原來是我最大的恐懼

如果不能做自己，

哪怕擁有再多別人渴望的東西，也不會滿足；

哪怕過著令人稱羨的生活，也不會快樂。

親愛的阿靖：

有一次在演講時，和讀者分享了自己的旅遊經歷，談到在捷克一座古城中，黃昏時分，人煙稀少的一座古塔中，我與女性同伴兩個弱女子，遭到兩名大漢持槍打劫的驚險場面。當他們把槍掏出來對著我，我竟能異常清醒冷靜的，讓自己和同伴平安脫險。事後當我敘述整起事件給別人聽，愈說愈覺得荒謬不可信，愈像是個被我杜撰出來的傳奇冒險故事。演講完之後，有個年輕女孩到我面前問道：「那個時候，妳真的不害怕嗎？」我告訴她，那時候我只想著要保護自己和朋友的安全，確實並不害怕。「所以，妳並不恐懼死亡。」她像是做了個結論一樣，卻在我心中投下一顆石子。

如果，我真的不恐懼死亡，那麼，什麼是我的恐懼？

小時候，我常做著類似的噩夢，夢見母親提著樟木箱離家出走了。你的爺

爺，我的父親，從老家逃難到台灣來的時候，只帶著一個手提樟木箱。那箱子有時會被打開來晾曬在庭院中，裡頭放著一些身分證件或是舊照片之類的東西。醒著的時候，我從不覺得這個樟木箱子有什麼重要，在睡夢中它卻帶著我的母親離家了。我總是在夢中哭呀哭的，直到完全清醒過來，還要委屈心酸的偷偷哭一陣子。

小時候我一直認為母親比較疼愛弟弟，也就是你的父親，還好父親疼愛我，母親愛或不愛我，好像沒那麼重要。只有在夢中，如此清晰的提醒，我是這麼渴望，而又這麼恐懼失去，母親的愛。

上學之後，我發覺自己這麼沒有安全感，我恐懼新環境與新同學，不知該如何與人相處，有時候怕到不想上學去。等到和同學混熟了，有了貼心的好朋友，又好恐懼分離，希望時間能凝固在那一刻，永遠都不要長大，也不要各分西東。

開始戀愛時，那個純樸的男孩子讀了我寫的小說，對我說：「我真的覺得好害怕，都不知道妳在想什麼？」我告訴他，大部分的時間我和一般女人一樣，並沒有什麼特別。可是，從他的眼神及語氣中，我嗅到結結實實的，恐懼的氣味，並不能被我玫瑰精油般的甜言軟語所稀釋，依然濃烈得嗆鼻。

經歷過幾段感情，青春也已消逝，有個同樣單身的朋友問過我：「妳會不會恐懼，將要孤老一生呢？」說真的，老，確實令人有些惆悵，卻也不感到恐懼。至於

孤獨呢，我總感覺跟它是很親近的，當然更談不上恐懼了。

當我確定了自己擁有父母親的愛，便不再懼怕失去；當我明白孤獨乃是今生最理想的伴侶，也不再懼怕得不到幸福；當我從持槍歹徒面前安然逃脫，才知道自己並不懼怕死亡。

親愛的阿靖，如果連死亡都不具威脅性，到底什麼才是我心中的恐懼呢？

那個比我年長，事業成功，經歷過更多世事人情，美麗而有智慧的女人，問過我這個問題：「什麼是妳最大的恐懼？」我就像個毫無才藝的人，被要求必須表演才藝似的，心裡虛虛地，胡亂的說著：「我恐懼，失去

最愛的人……我恐懼，因為我的關係，使他人得不到幸福……我還恐懼……」

她搖搖頭，定定的望著我，一個字一個字地說：「妳最大的恐懼，是不能做自己。」

我在瞬間屏息，親愛的阿靖，她說的是對的。多年前與我相愛的男孩的恐懼，如此顯而易見，我卻不願意放棄創作，寧願放棄他，正因為我想要做自己。不能做自己，比死亡更可怕。死亡就只是終止了，不能做自己，卻是永遠醒不過來的噩夢。如果不能做自己，哪怕擁有再多別人渴望的東西，也不會滿足；哪怕過著令人稱羨的生活，也不會快樂。

原來，不能做自己，是我最大的恐懼。我注視著那雙深邃的，彷彿可以看透靈魂的眼睛，充滿釋然與感激。

她微笑地，輕聲說：「我明白的。因為，我也是這樣。」

婚姻把情人變親人

我們當然愛親人，卻不是激情。
那種瘋狂的、炙熱的、如履薄冰的、魂縈夢繫的愛情，
才能激起冒險的鬥志，成爲生命的動能。

親愛的阿靖：

今年是爺爺和奶奶的金婚，他們已經結婚五十周年了。與一個人結婚，共同生活五十年，別說是還沒成年的你，感覺不可思議，就連我也覺得十分奇妙呢。爺爺和奶奶本來想要約他們的另一對夫妻朋友一起去旅行，卻在出發之前起了變化。原來是另一對結婚四十幾年的夫妻朋友，近來又反目了，到達彼此互不理睬的地步，連飯都不一起吃了。爺爺、奶奶分別去和這對冷戰夫妻懇談，爺爺勸丈夫多多忍讓，丈夫說：「我已經讓了她一輩子了，憑什麼總是我要讓她？」奶奶勸妻子不要太計較，妻子說：「我一輩子都在忍受他，現在我受夠了，想過我自己的日子，不行嗎？」爺爺、奶奶徒勞無功，只得放棄了。奶奶說：「唉，沒辦法啊，他們積怨太深了。」我聽得膽顫心驚，這到底是一對夫妻，還是仇人啊？

你和弟弟妹妹很小的時候問過我：「姑姑，妳為什麼沒有結婚？」當你日漸長大，再也不碰觸這個話題，彷彿那是一種逾越，或是一種冒犯，總而言之，不是太禮貌。我其實並不避忌這個話題，也不是個婚姻的反對者，只是對愛情的熱衷更甚婚姻，如此而已。過去的人，只能在婚姻中生養兒女，才合乎社會道德與善良風俗；現在的人，在婚姻之外仍有生養兒女的自由，與社會風俗再無關聯。於是，婚姻應該有更神聖的意義了，不再只是犧牲、奉獻這樣的情操。

二十年前，是我的伴娘高峰期，常常有機會擔任伴娘的工作。我見過在新娘休息室裡破口大罵的男女雙方家長，也見過結婚當天冷戰不說話的新郎新娘，這些觸目驚心的場面固然令人畏懼，卻有更多深情甜蜜的愛侶，手牽手允諾一生。如今，我成了這些結婚半輩子的朋友們的婚姻諮詢。

「還是妳好啊，根本不要結婚就不會有這些麻煩事了。」他們的開場白都

很類似，好像我早有預謀似的。最近有個朋友的先生，在咖啡館裡與我偶遇，非常熱絡的打招呼，堅持請我喝咖啡。其實，我與他並不算熟，只見過兩三次吧，與他的妻子也有好幾年沒見了。一陣寒暄之後，他欲言又止的問：「妳很忙嗎？可以聊聊嗎？」原來，他的婚姻出了問題。他坦承是因為自己的外遇，妻子知道後崩潰了，他們一起去看過心理醫生，他也確實與外遇斷得乾乾淨淨了，只是，答應要原諒他的妻子並不能釋懷。妻子對他的信任失去了，有時候查勤查得厲害；有時候對他冷冷淡淡；一會兒悶悶不樂；一會兒暴跳如雷，他說他知道自己錯了，也真心想要彌補，可是，一切都變得那麼困難。

「你，還愛她嗎？」我問。

那先生踟躕片刻，回答：「她就像我的親人一樣，我不想失去她。」

「她像親人，不像情人了？」我再問。

他無奈地牽了牽嘴角，沒有回答。

親愛的阿靖，在那一刻，我明白了婚姻的神奇魔力。原本，人們因為是彼此愛戀的情人，想要長長久久愛下去，才有了婚姻。結果，婚姻卻把情人變成了親人。我們當然愛親人，卻不是激情。那種瘋狂的、炙熱的、如履薄冰的、魂縈夢繫的愛情，才能激起冒險的鬥志，成為生命的動能。對親人的愛，太平靜了，也太習以為常了，儘管不可或缺，卻燃不亮火花。人類的天性，既嚮往安定，又渴望變化與刺激，充滿矛盾。我想，這就是為什麼那麼多人，懷著堅定的信心，走進婚姻裡；又有那麼多人，因著意亂情迷，上演外遇與背叛的戲碼。

常常，我看著結婚五十年的爺爺奶奶，他們各自歷經戰爭，年少時從那塊佈滿煙硝的大地，來到這美麗的島嶼，相遇、愛戀、結婚，共同走過貧窮、刻苦、疾病、禍殃，許許多多嚴酷的考驗，如今，卻為了誰少喝了半碗湯，誰該多吃一片橘子而焦躁，而拌嘴。我覺得他們非常幸福。我沒問過他們把彼此當

情人還是親人？五十年都過去了，他們應該已經明白，另一半就是自己今生最重要的貴人。

包容這麼多瑕疵

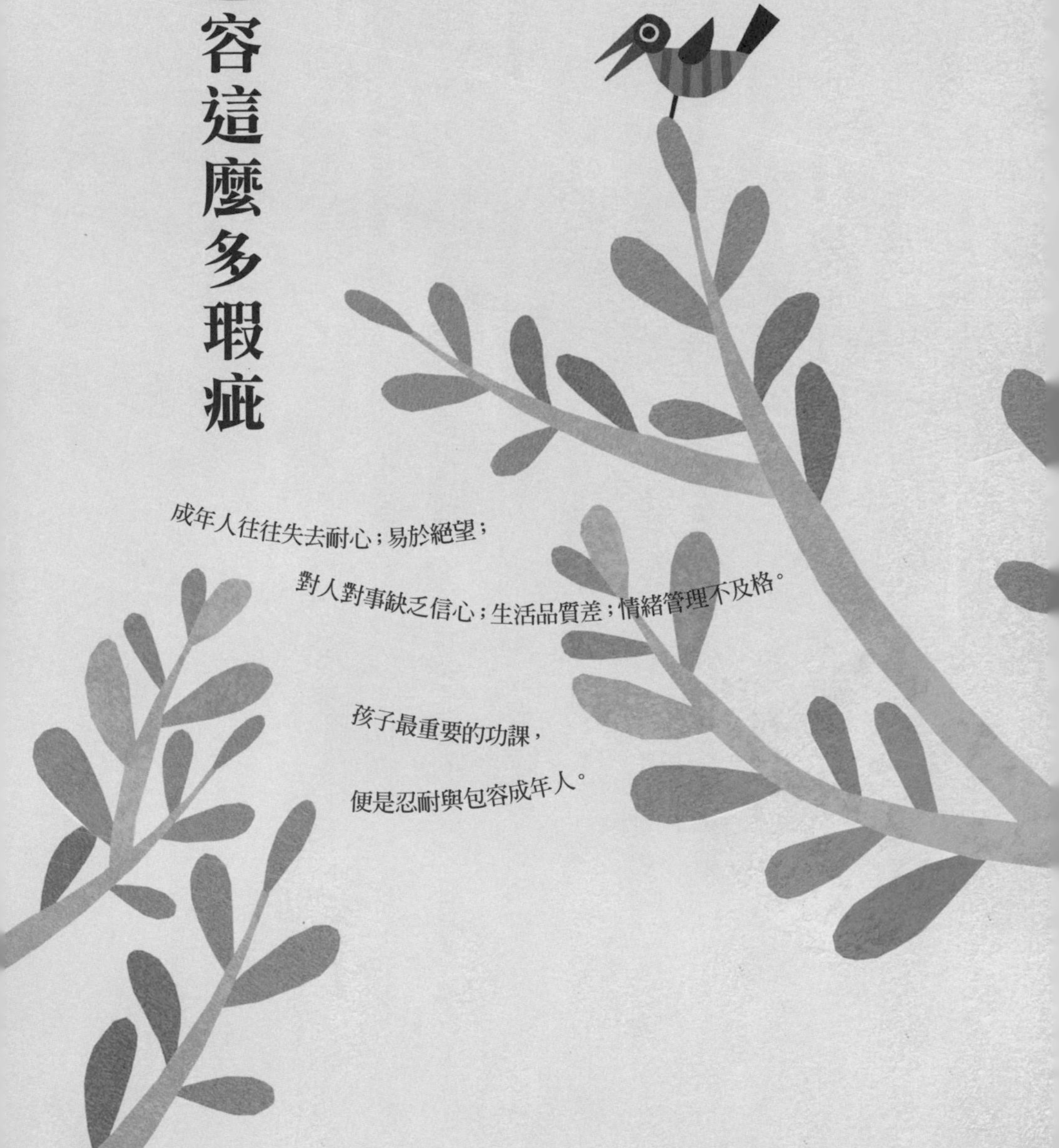

成年人往往失去耐心；易於絕望；

對人對事缺乏信心；生活品質差；情緒管理不及格。

孩子最重要的功課，

便是忍耐與包容成年人。

親愛的阿靖：

近來讀到一本圖文書《三十分媽媽》，女作家回憶自己的童年，坐在腳踏車前桿上被媽媽載著去上學的往事。媽媽雖然擔任化妝品銷售員，業績卻是最差的；天氣太熱了媽媽便跑回家裡偷懶，帶著孩子們睡午覺；媽媽的烹飪技術其實不怎麼樣，偶爾才能做出一道可口的料理，卻令孩子驚喜難忘，總而言之，女作家給出評分，以一百分滿級數來計算，媽媽只得三十分，實在是個充滿瑕疵，不夠完美的母親啊。但，那又怎麼樣呢？哪怕只是與媽媽在榻榻米上一起午睡，也是無比幸福的時光，孩子依然癡癡地愛戀著母親。

當命運將我與愈來愈多孩子聯繫在一起，我才發覺，與完美的孩子相比，成年人真是無法更換的瑕疵品。成年人往往失去耐心；易於絕望；對人對事缺乏信心；生活品質差；情緒管理不及格。孩子卻在意許多與感情相關的溫柔事

物，像是承諾、盼望、信仰、全心全意的倚賴，等等。有時候我真的覺得，孩子最重要的功課，便是忍耐與包容成年人。

記得你剛唸小學那年聖誕夜，室外的低溫很應景，吃過了豐盛的晚餐，我突然興起，想去看看傳說中一座古老教堂裡的聖誕佈置。於是我問：「阿靖，要不要陪姑姑去看教堂啊？」家裡很溫暖，有正在進行的遊戲擂台，有好吃的甜點誘惑，但你依然站起身來穿上外套，隨我出了門。我牽著你的厚實小手，在黑暗的夜街疾走，呼出的每一口氣都化成白煙。我的興高采烈漸漸低落，因為我發覺自己迷了路，轉來轉去，在那些衢道中找不著出路。「姑姑，我們還是回去吧。」你的手把我握得緊緊的。我很固執，一定要找到那座教堂，不肯放棄，不肯半途而廢。最終，我們站在教堂前方，正在整修的建築被塑膠布包裹起來，沒有佈置、沒有聖誕節，甚至連教堂都沒有。

其實我是個很容易迷路的人，做事往往缺乏計畫，只憑一時衝動，並且，

很顯然的，我知道你對我的情感很深，不會拒絕邀請，更不會因為這次探訪行動的失敗，改變對我的愛。我常想起那個聖誕夜，我們慢慢走回家，你什麼也沒說，而我充滿愧疚。

與你日後面對的成長挫傷與坎坷，而我總是無能為力的痛苦相比，這愧疚其實是很輕微的。根本不值一提。

那一年SARS宛如瘟疫襲擊全球，人人戴上口罩，彷彿世界末日的疏離與惶惑不安。到了六月，天氣炎熱起來，疫情控制住了，暫時除下口罩，可以大口呼吸，我們全家一起到花蓮的海洋世界度假。排在隊伍中，等待搭乘海盜船的時候，排在你前面的一個女孩，忽然轉過頭來。我的呼吸瞬間止息，那是一張佈滿腫瘤與傷疤的變形臉孔，全然沒有準備的剎那，確實有些驚心動魄。你和她貼得那樣近，受到的驚嚇可想而知，你迅速轉頭望向站在身後的我，我迎接你的眼神，企圖給你安撫，我定定的看著你，對你微笑。你看著我，三秒鐘之後，安靜的轉過身去，繼續排隊。那一天，我們沒有討論這件事，但我以你為榮。你顯然已經認識了人人都有不同之處，有些甚至超過我們的想像

與理解，但，我們應該包容，就像他人對我們的包容一樣。

當你長大以後，必然發現這是一個充滿瑕疵的人世，並且難以修補。

上一次的家庭聚餐，八十幾歲的爺爺累積許久，因你所承受而我們都愛莫能助的那些愧疚，向你表達歉意。你看著這個白髮蒼蒼的老人，真誠懇切地說：「爺爺，別這麼說，這不是你的錯。」老人的心，被少年妥貼的安慰了。我的淚卻崩落而下，為你的寬容與慈悲。為我心中惻惻的悲傷與酸楚。

我們只得包容再包容，直到成長為充滿瑕疵的成年人，被孩子無條件的包容。

只有快樂愈給愈多

必須要花這麼大的力氣與悲傷搏抗，又要這麼堅定的保留記憶，才能獲取快樂啊。

像孩子一樣快樂，是一個成年人最好的生命狀態了。

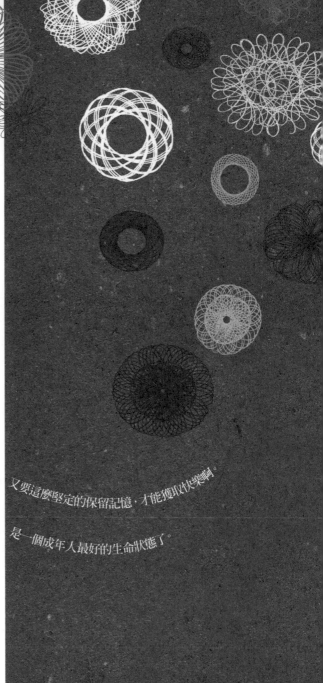

親愛的阿靖：

這是梅雨季剛剛開始的夏天，前一夜降下大雨，原本燠熱的氣溫突然滑落，或許是受了寒，我的腸胃不適，提不起勁，卻仍得強撐著出門去工作。攔下一輛計程車，坐進去，那是個年輕的司機，他的神情與車外的溫度差不多，一整天悶在狹小的車子裡，肯定是不太愉悅的。我習慣性的瞄一眼他的執業登記證，赫然發現，這天是他的生日哪。多年前一位健談的司機先生，告訴了我這個小秘密，執業登記證上註明的換證日期，就是司機的生日。「這樣才不會忘記，要去換證的事啊。」喔，原來是這樣的。

發現自己坐在壽星司機的車上，突然，一切都顯得不同了，我懷著雀躍之心，安靜等待。車子穿越陰雨濛濛的盆地，終於抵達目的地。將車費送進司機手中，打開車門時，我對他說：「生日快樂喔！」年輕壽星愣了一下，對我說

謝謝，接著，他整張臉璀璨的笑開來，原來竟是這樣好看的容顏。

「妳是怎麼知道的？」他驚喜的問。我自以為神秘的笑了笑，輕盈的行走在雨中。那一刻，我忘記了自己的疲憊與不舒適，只感到單純的快樂。這快樂來自一個陌生人；來自一種善意的交流，或許來自於自己的內心。

快樂是我們與生俱來的能力，卻隨著成長日漸流失。這是人生的另一種悲劇。

據說有醫學報告指出，人類腦子的構造，對於悲傷情緒的記憶，遠比快樂情緒的記憶區域大得多。因此，我們雖然可以感受快樂，卻又迅速的遺忘了。聽見這種說法之後，我不再覺得快樂是「膚淺」，或「不夠深刻」的人生了。因為，必須要花這麼大的力氣與悲傷搏抗，又要這麼堅定的保留記憶，才能獲取快樂啊。像孩子一樣快樂，是一個成年人最好的生命狀態了。

許多人努力追求快樂，卻不一定獲得，因為快樂有些弔詭與迷思。

大家公認的快樂，不見得是你感受到的快樂。有時候，我們花費許多精力，追求的只是旁人所以為的快樂。我後來發覺，快樂的事物，其實都是很簡單的。肚子餓的深夜，喝一碗熱騰騰的玉米湯；在黑暗的電影院流淚，鄰座送上的一張面紙；久候不至的公車從遠方駛來，還有許多座位；在超商買東西，忽然聽見收音機播放久違的心愛的歌曲。又或者是，陪伴著那個作文零級分的少年寫作，他終於寫出三級分的文章。真的，就只是這一類瑣碎又微不足道的小事，令我感到快樂。

從小，奶奶更讓我明白，快樂是一種付出與分享，而不是擁有。在我很小的時候，家裡總是出現許

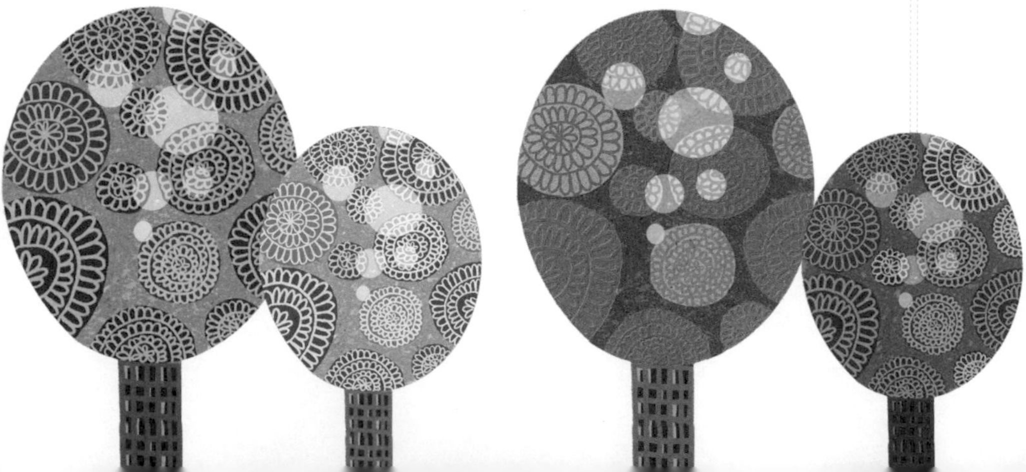

多叔叔、伯伯與阿姨。爺爺和奶奶的朋友，放假常來我們家，在那不富裕的年代，爺爺奶奶做出麵條、餃子、蔥油餅、韭菜盒子，各式各樣的麵食款待大家，我們家裡常常盈溢著歡樂的笑聲。

奶奶曾用絨布縫製了背帶短褲，給你幼年的父親穿，可愛的模樣引來了左鄰右舍的讚歎。於是，奶奶默默的踩著針車，那年夏天，附近鄰居所有的小男孩，都獲得了奶奶饋贈的背帶短褲，款式相同，顏色各異。物質短缺的環境中，奶奶教會了我，快樂在分享時才最豐盛。

親愛的阿靖，遇見喜歡的東西時，我們常常忍不住想要牢牢握住，緊緊擁有。然而，快樂卻不是

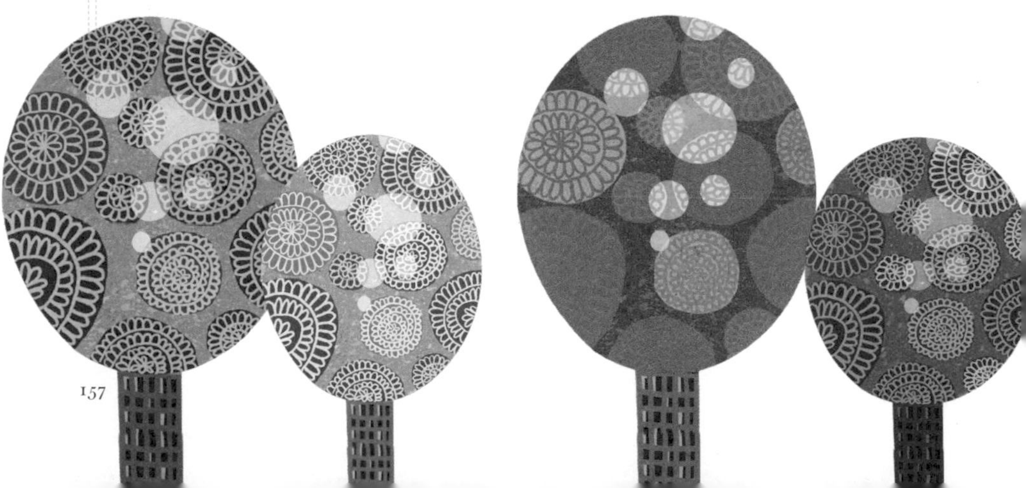

這樣的，無法付出，不能分享的快樂，顯得太過單調。當我們將快樂給予出去，看見別人因我們而快樂，非但不覺匱乏，反而無比富足。

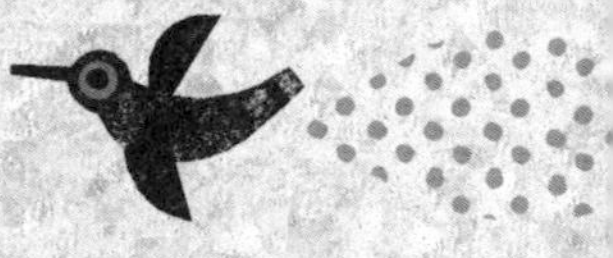

每個人都不同

每個人的內在與形體都不相同，每個人的天賦與潛能也不一樣，怎麼制定標準呢？

親愛的阿靖：

國中基測考完，成績公佈的當天，在小學堂裡，我們接到了兩通電話，一通是九年級考生親自打來的，那個叫做小潔的女孩，激動的對我說：「老師！我要把這個好消息告訴妳，我的作文啊，考了六級分耶！」哇！滿級分啊！我和她在電話兩頭大聲歡呼，聽見消息的其他老師也跟著鼓起掌來。小潔只來了一個學期，她的作文在學校一直徘徊於四、五級之間，原本只希望能穩定保持五級分，就滿意了。這個喜訊，讓我們上半天都很興奮。

中午之後，另一通電話是九年級的考生阿嘉的媽媽打來的，一邊幫阿嘉弟弟報名了課程，一邊告訴我們阿嘉的作文考了三級分。「考了三級分嗎？」接電話的老師感激涕零的對我們宣布了這個消息：「阿嘉考了三級分耶！」而我們也忍不住鼓掌歡呼起來。親愛的阿靖，如果此時你正好在小學

堂，一定會覺得很困惑的吧。我們的標準在哪裡呢？六級分與三級分，都能令我們如此高亢？

如果你像我們一樣，也認識阿嘉，你也許就能明白了。阿嘉也是春天才到小學堂來的新生，星期天的早晨，媽媽帶著這個修長斯文的男孩來報到，他看起來很靦腆，比媽媽高半個頭，乖乖的站在媽媽身邊，聽著媽媽同老師說話，我經過他們身邊時，他轉頭看著我，微微笑著，對我點頭致意。在那一刻，我已經喜歡他了，因為我看見了他內裡的純良善意。媽媽說他在學校作文都是零級分，因為他根本就不寫作文，完全放棄。又說他的聽力有點狀況，在學習上倍感挫折，我猜想，那挫折恐怕不只是學習而已吧。頭一天上課，我訴說了自己坎坷的成長與低落的學習成績，年少時的茫然與痛苦，這真實的經歷通常很能激發孩子的意志力。那一天，阿嘉寫了三行作文，對我們來說，已經是莫大的榮寵與鼓勵。其實，我們確實是沒有標準的啊。每個人的內在與形體都不相

同，每個人的天賦與潛能也不一樣，怎麼制定標準呢？我只知道，六級分和三級分的孩子，都已經盡力表現得最好，使我滿懷感恩。

那個叫做小潔的孩子，患有妥瑞氏症，她剛到小學堂的時候，也因為不尋常的行為和聲音，引起調皮男生的竊笑與嘲弄。她直接轉身對那兩個男生說：「嘿！我有妥瑞氏症喔，那是一種病，我可以解釋給你們聽。」她後來有沒有解釋給男生聽，我不確知，而他們後來確實變成哥兒們一樣的好友。坦然面對自己的與眾不同，是小潔教給我的，可貴的一課。

小時候我為自己的耽於幻想而苦惱，長大後才知道，那正是一個作家的必備條件。然而，我的生命中仍有許多無法改變的缺陷：總記不住五個以上的號碼；記不住人名，尤其是綽號；記不得身邊物品的放置地點。我更是收納白癡，當書籍、資料或衣物開始堆疊起來，我便束手無策。我總是睜大眼睛，驚奇的看著井井有條的工作夥伴或朋友，將他們的環境整理得雅致整潔。

當你小時候，是個很安靜的孩子，早上起床，喝完一瓶奶，父親出門上班，母親仍在安睡。兩歲多的你，自己下床到客廳，坐在玩具區裡，將樂高箱打開，就這麼拼啊拼的，可以玩一、兩個小時。組裝出各式各樣的模型，完成之後拆卸，拆卸之後再組裝。窗外有時是明亮的夏日陽光，有時是冬天的皚皚白雪，你小小的身形，總是那樣專注。那時候我在一旁閱讀，並且揣想著，長大以後的你會是什麼樣的人呢？

面對相同的處境，當我哭的時候，有的人只是冷冷的笑；當我感覺痛苦時，有人卻視為解脫。富貴於我如浮雲，有人把富貴看成富貴，卻也有人把富貴看成浮雲啊。所幸，每個人都不同，要不然這世界多麼無趣。

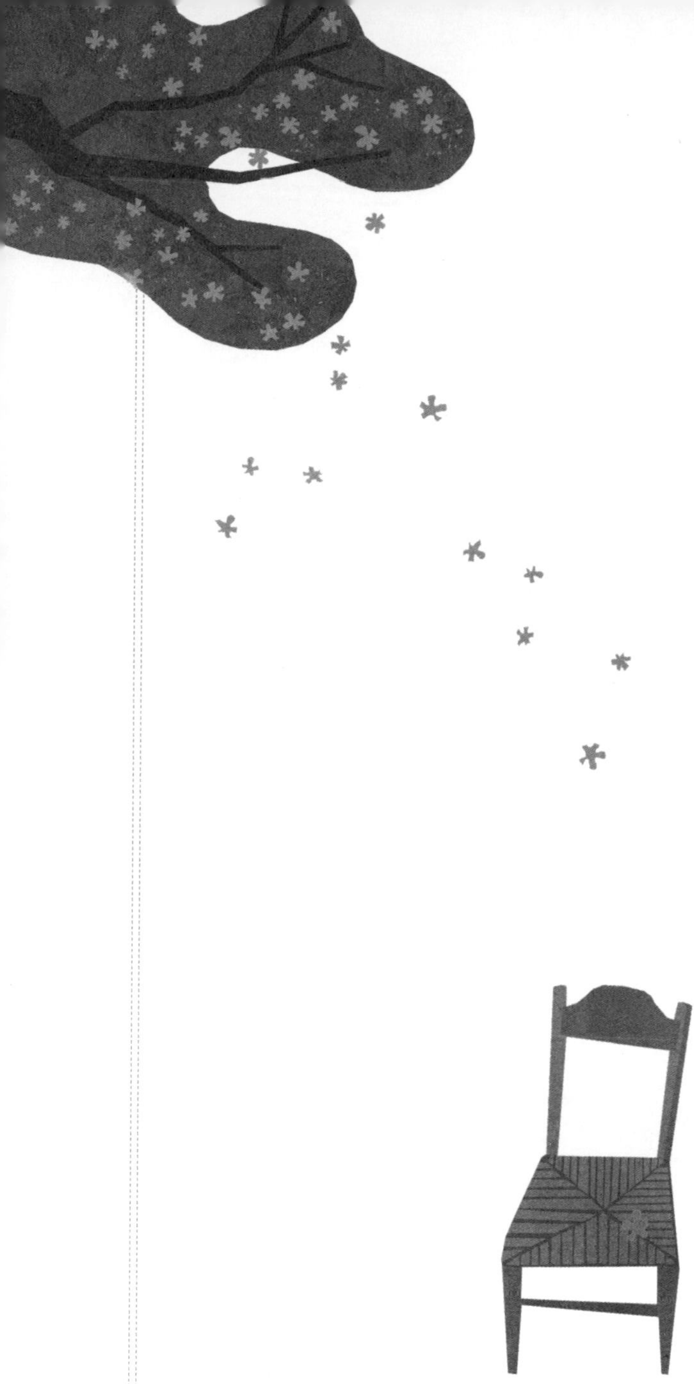

去擁抱一個人，而不是把人推開。

擁抱抵達的深度

擁抱一個人，或把一個人推開，

都是要展開雙臂的。

而我情願，用張開的臂膀，

親愛的阿靖：

升上國中之後的你，身高便不斷刷新紀錄，超過你的母親、超過了我，又超過你的父親。如今已是高中生，也成為家中的「高人」，完全脫離孩子的型態，蛻變為一個成年人了。周末的家族聚餐之後，按照慣例，臨別會有三兄妹與爺爺、奶奶和姑姑的「擁抱禮」。當你們都很幼小的時候，我們得彎下腰或蹲下來，才能擁抱住小小的身軀，你們的身體很柔軟、也很溫暖。這一次，擁抱完小學的弟弟和國中的妹妹，我看見你站在一旁，有點不自然的猶豫，「跳過他吧，他已經長大了」，我聽見大人們無聲的默契。而我還是張開雙臂，像小時候那樣的，擁抱了你。骨骼粗壯、堅硬，還有一點僵直與尷尬。

「妳怎麼確定他想抱抱呢？或許他根本不想啊。」聽完我這段經歷的分享，有個朋友發表了她的看法。「我只是想讓他知道，他長大了，我還是很愛

他。」而擁抱恰好是一種最直接又最沉默的表達。西方社會的擁抱已經成為一種禮儀，一種社交，雖是身體的接觸，卻很浮泛。在台灣，擁抱是半開放的狀態，帶著親密感受，與心靈深度，確實可以表達情感。

在身體和心靈都很封閉的年輕時代，我把擁抱視為情人之間的專利。那擁抱的感受其實是很尖銳，也很不安的。擁抱彷彿只是一個開端，接下來是親吻，還有更激烈的狂熱，燃燒著彼端的慾望。曾經，為了證明彼此相愛，我向戀人索取擁抱；曾經，為了在愛中受傷害，我憤怒的掙脫戀人的擁抱。

親愛的阿靖，擁抱一個人，或把一個人推開，都是要展開雙臂的。而我情願，用張開的臂膀，去擁抱一個人，而不是把人推開。

小時候我們總是被大人擁抱著，成年後被戀人或配偶擁抱，漸漸老去之後呢？誰來擁抱我們？我的另一個朋友，長大之後從未擁抱家人，直到罹患癌症的母親住進安寧病房，看護恰好請假，她替母親更衣，托起母親的身體，赫然驚覺，這是一個擁抱的姿態啊。這是她的骨肉至親，也是被病魔折騰得坍瘦羸弱的一個身體。她為什麼一直沒有擁抱自己的母親呢？直到這最後的時刻？聽完她的心情，我開始擁抱我的父母親，我不想等到最後。

真正教會我擁抱的，其實是你們三兄妹。我們全心信賴的，擁抱住彼此，長久的擁抱，也不覺膩煩；短暫的擁抱，便心滿意足。與孩子的擁抱，讓我明白，這是最理想的一種狀態，交託了，也給予了。共享著擁抱的寧靜時光。下一個

階段或許又是殺伐，又是焦灼，但，至少此刻我們在彼此懷抱中，是安全的。

當我年紀愈來愈大，在校園裡，愈常遇見學生對我說：「老師，可以抱一下嗎？」她們多半是女孩子，上過我的課，讀過我的書，也許在她們眼瞳中投射的是另一種母親的形象吧。我張開雙臂擁抱住她們，心中充滿感激，我感謝上天的安排，讓我們在此美好相遇。抱住她們的那一刻，有些女孩便落下淚來，我輕輕拍拂她的背，像哄著一個嬰孩。這時候，什麼話都不用說，她的委屈與孤獨，都被我擁抱著了。

親愛的阿靖，我依然會持續著我們之間的「擁抱

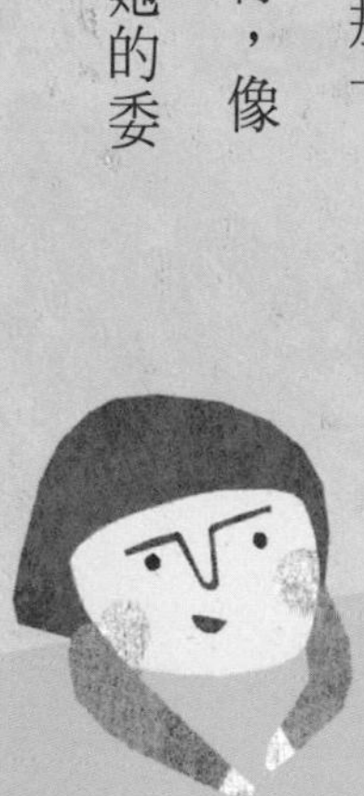

禮」，因為我已經明白，這並不只是一種禮儀或形式，當我們擁抱，你的日益健碩的身體與我的愈顯衰頹的身體靠得最近，言語此時失效，而我們心領神會，這擁抱穿越一切欲念，抵達心靈最深處。

第一次喊「爸爸」；第一次畫出一幅色彩繽紛的圖畫。

吃飯時不宜看報

曾經，當你還很幼小，我們也是這樣熱切的注視著你，第一次翻身；第一次站立；

親愛的阿靖：

我們圍坐了滿滿一圈，等待著團圓飯開上桌，因為是除夕，餐廳裡擠滿了許多家族，有老人和孩子，在紅融融的燈光下，每張臉孔都閃著幸福的微光。當菜餚還沒上桌的時候，我看著大家笑著聊天，長輩們聊著陳年往事；你的父親和伯父談著童年往事；你們這些孩子說的是學校的、電動的，各種成年人插不了嘴的話題。而我只在一旁靜靜的按下快門，想要留住這難得的，遠渡重洋，共聚一堂的春節回憶。成年人不需要為工作煩心，也不必督促孩子的功課，這樣的凝結時光，多麼奢侈難得。

每年總有兩次，島嶼北邊的我與島嶼南邊的朋友，會相約見面。既不在她的城市，也不在我的城市，於是，我們都是陌生的旅人，也都是慷慨的主人。有一次，我們按照地圖的指示，找到一家美食餐廳。餐廳很寬敞，空間很舒

適，流水在透明地板下靜靜埋伏。我們得到一個角落的位置。不遠處就是書架，擺放著許多雜誌與報紙，伸出手臂就可以取下報紙，於是，我問朋友：「妳要看報紙還是雜誌啊？」她稍稍遲疑了一下，然後說：「吃飯的時候，我不習慣看報紙，還有雜誌。」我的手臂縮回來：「是怕看見令人不舒服的報導，會妨礙消化嗎？」朋友笑起來：「從小我媽都是這樣規定我們的，她說，可以一起吃飯是很珍貴的緣分，要好好把握可以相處的機會。」

我想我是明白的，人類是這樣神秘的生物體，應該要常常聊天、談心，或是溝通的，在許多問題還沒發生之前，就可以先化解了。但是，我們往往花費太多時間看報紙、雜誌、電視或是掛在網上，非必要不與家人講話，講話時連頭也不回，眼光都沒有交會。等到裂痕已經產生，才感到驚惶，卻又找不到對話的頻道與腔調。餐廳裡的成年人差不多都是一邊用餐，一邊翻閱雜誌；孩子也把食物塞得滿嘴，一邊認真的翻閱漫畫。

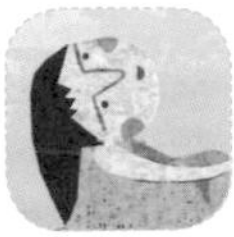

我看見不遠處一桌五、六個客人，桌上沒有報紙雜誌，幾個成年人，看來像是阿公、阿嬤、爸爸、媽媽和其他的親戚，所有的眼光，都熱切地集中在那個一、兩歲大的嬰幼兒身上。小小孩正稚拙的舉起湯匙，將切短的麵條送進自己口中，只有一、兩根短麵滑壘成功，其餘幾根短麵從嘴邊滑下，三振出局，而整桌的大人都歡呼起來：「好棒！好棒喔。怎麼這麼厲害啊？」

親愛的阿靖，我看著那個場面，聽見那樣的呼聲，忽然覺得眼熱了。曾經，當你還很幼小，我們也是這樣熱切的注視著你，第一次翻身；第一次站立；第一次喊「爸爸」；第一次畫出一幅色彩繽紛的圖

畫。然後，你漸漸長大了，然後，我們是不是就漸漸失去了最初的熱切？

直到，直到生命終結的時刻。最近有個朋友失去了外婆，八十幾歲的外婆彌留時，所有被照顧過的孩子，從四面八方趕回來了，大家安靜地圍繞著、注視著外婆，輕聲說出對她的感謝與愛，直到老人家平靜的吐出最後一口氣。

生命的初始與終結以外，我們浪費了多少時光？

我們都是倖存者

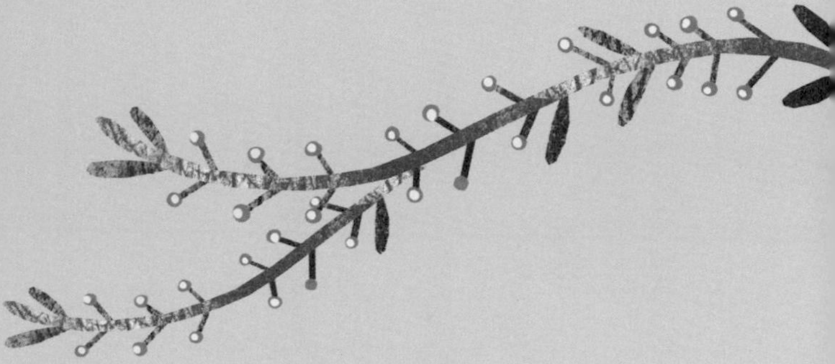

不能狂妄自負；不能狡詐違心，應該無比謙卑，知足感恩，

我們活著，以一種倖存者的姿態。

親愛的阿靖：

五十年前台灣發生了「八七水災」，是許多人在課本中讀到的教材。你的爺爺、奶奶常常提起這次天災，他們就是在那年秋冬之際結的婚，因為水災的關係，政府提倡節約餐，一切從簡。而我有些浪漫的臆想，是因為這次人力無法抵擋的災難，讓他們更堅定的想要相守一生嗎？或許因為從小聽著這樣的故事，我的成長過程總帶著淡淡的哀愁。

一九九九年，我們共同經歷了「九二一地震」，雖然居住在台北，卻是在十幾層的高樓上，舉步維艱，仆倒在地，看見另一頭的爺爺、奶奶，向我伸出手，不管多麼努力，都無法靠近。整幢樓顛簸著，發出詭異的銳叫，彷彿即將崩毀坍塌，在極大的絕望與恐懼中，我覺得自己下一刻便會死去。前幾年去歐洲旅行，夜宿火車臥鋪，才剛睡著，立刻進入大地震場景，房屋倒塌，眼看著

親人在眼前，卻無法觸及，轟然轉醒，才發覺只是火車行進鐵軌時的晃動。

但，夢中的一切是那麼真切，我的絕望與恐懼是那麼真實。這種末日之感，已經潛伏在血液中，將伴隨著我一生一世。沒在九二一中罹難，我覺得自己以一種倖存者的身分活了下來，瞬息隔世，何等無常。

這一次的「八八水災」，帶來的災難出乎意料的慘重，盯著電視不斷重複播出的，樓房被洪流裹捲吞噬的畫面，說不清是種什麼樣的感覺。還看見一家人穿著雨衣，站在不遠處，眼睜睜看著滔滔洪水，將他們的家連根拔起。穿著黑色雨衣的男主人，緊閉雙唇，任憑妻子或女兒在他胸前痛哭失聲，他只是生了根似的站立著，看不出一點情緒。那眼神並不是麻木，而是深深的悲痛，以及不肯屈服的倔強。看見這樣的神情，我忽然覺得自己的眼淚是不恰當的——那男人在我眼中無比巨大。

有個大學裡的學生是台南人，她的家鄉沒有水災，卻在第一時間徵求母親

的同意，進入六龜當救災志工去了。她在信中寫道：「進到災區才體會，不是不救，是全埋了淹了要從何救起；不是飛機不飛，是山裡根本就時不時的下著大雨；不是進度遲緩，是每一段路的搶通都是拿極脆弱的人命在跟大自然拚搏。路在哪裡誰知道？山早就不是山的樣貌，而溪，哪是溪啊！眼前根本是一片肆虐的混泥漿海！」救災行動不如預期順利，卻又被通知堰塞湖即將潰堤，必須立即撤離。救災與受災，只在一線之間，倉皇離開的時刻，女孩心中閃過一個念頭，如果出不去了，只能發出最後的簡訊給母親，該跟她說什麼呢？

女孩回到台北，在災區時憋著不肯流的眼淚，日以繼夜，流個不停。她掛念著災區原本還算安全的居民，是否平安？她想到房子被沖垮的原住民媽媽對她說的話：「謝謝你們來幫忙，但你們也要安全才好……大概是上帝在考驗我們，過了這一次，我們以後會更好也不一定。什麼都沒有了，不過人要是都還在就好了。」現在，原住民媽媽是不是還好好的？經歷過這一切，女孩也將以一種倖存者的身分活下去了。我想。

親愛的阿靖，不只是災難的旁觀者；不只是救災的志工；不只是盡一己之力伸出援手，我們彷彿與罹難者一同死去，而後發現自己僥倖的活了下來。原來，我們還活著。不能狂妄自負；不能狡詐違心，應該無比謙卑，知足感恩，我們活著，以一種倖存者的姿態。

該吃就吃，該睡就睡

該吃飯的時候，吃得津津有味；

該睡覺的時候，進入黑甜夢鄉，

這是許多成功人士無法達到的境界，卻也是我們初生在世間就擁有的本能。

親愛的阿靖：

你有一群很好的朋友，一起打籃球，一起去網咖，一起飆網誌，也一起去圖書館K書。但你是否想過，三十年後，你們會不會仍保持連絡？那時候的話題又是什麼呢？我有幾個這樣的朋友，從年輕時就相識的，到現在偶爾還能相聚，有時約了兩天一夜的行程，吃過晚餐，聊到深夜，有人撐不住，快要睡著，有人卻還談興正濃。我忍住呵欠，跟大家道晚安，有個朋友疑惑地問：「妳要睡覺了？還不到十二點，妳就要睡？」「作家不都是日夜顛倒的嗎？哪有這麼早睡的？」有個朋友問了一個關鍵的問題：「妳真的睡得著？不吃藥也可以睡？」

我知道人到中年，睡眠已經不是自然的召喚，而成為一個有待解決的問題了。當我和另一群朋友相聚時，總聽著他們交換安眠藥的新資訊，哪種藥更有

效；哪種藥不會有副作用；哪種藥醒來不會頭暈，儘管我的這些朋友在工作上都有傲人的表現，睡眠對他們來說卻是很大的困擾。我當然也曾嘗過失眠的滋味，愈想快點入睡愈覺清醒，每一種感官都很亢奮，連最細微的聲音和光線也能感知，卻隨著時間流逝而更絕望，睡眠到底在哪裡啊？彷彿是根本不存在的東西。所幸，無眠的夜晚只是少數，翻轉幾回之後，我便落進鬆軟的眠夢裡了。因為瞭解失眠的痛苦，因此，每當朋友們熱烈討論安眠藥，我總是安靜聆聽，並且想著，未來的某一天，總會用得上的吧。

「你是從什麼時候開始，睡不著的呢？」我問過一個長期失眠的朋友，他說，那是在他和好友合夥做生意，卻被倒了幾千萬，好友遠走高飛之後。感情上的創傷，可能勝過經濟上的損失吧。他和好友的情誼維持了半輩子，這個最信任的人卻背叛了他，他怎麼也想不透，為什麼呢？到底是為什麼呢？從今以後，還有什麼可以相信的？不過三、四年間，他便東山再起，事業做得更好，表面上看不出任何不同，只是，失去了睡眠。「現在，失眠是我最好的朋友了。」他自嘲地說。

和朋友們外宿的第二天早晨，我剛吃完兩片烤吐司，喝完一杯豆漿，站在水果籃前方，看著蘋果和梨子，考慮自己該吃哪一種？朋友紛紛走進餐廳，有個朋友蹙起眉說：「如果打成果汁，一下子就喝完了，多好！」這說法獲得大家的同意，同時，也有人苦笑起來：「我們怎麼連慢慢吃一餐飯的時間都沒有了？」

從什麼時候開始，我們覺得吃飯很浪費時間？更別說是自己下廚做飯了。也因此，花一整天煲一鍋湯，變成極奢侈的事。每次你們回到奶奶家吃飯，都對砂鍋裡的湯充滿熱情，最重要的秘訣其實就是湯頭。是爺爺、奶奶花上一整天時間，用慢火細燉的大骨湯。有了這牛奶色的原湯，不管是燒菜或燉湯，都添加了濃醇的美味。為吃飯花這麼多時間，是上一代人的生活了，你們這一代

成年或成家之後，願意花多少時間吃飯呢？奶奶的家鄉有句俗話：「千里做官，穿衣吃飯」，我們花費許多精力與時間工作，為的不就是穿衣吃飯？而在忙碌中，最常犧牲掉的往往就是吃飯。

記得許多年前，看過一部電影，講的是一位大將軍，避禍逃進深山古剎，遇見幾位蓬頭垢面的老禪師，迷失在紅塵中的將軍纏著禪師問佛法。禪師被糾纏不過，對將軍說：「吃飯的時候吃飯，睡覺的時候睡覺，就是佛法。」親愛的阿靖，看電影的時候我笑了，覺得禪師在說笑話，如今漸漸明白，這真是佛法，也是做為一個人的最佳狀態。該吃飯的時候，吃得津津有味；該睡覺的時候，進入黑甜夢鄉，這是許多成功人士無法達到的境界，卻也是我們初生在世間就擁有的本能。

原來，人生不斷的追求，到最後也只是想要回復到生命初始的狀態。該吃就吃，該睡就睡，如此圓滿。

開天闢地是母親

因爲兒女，母親承擔著巨大的焦慮與憂傷，

也因爲兒女，母親有了開天闢地的神奇能力。

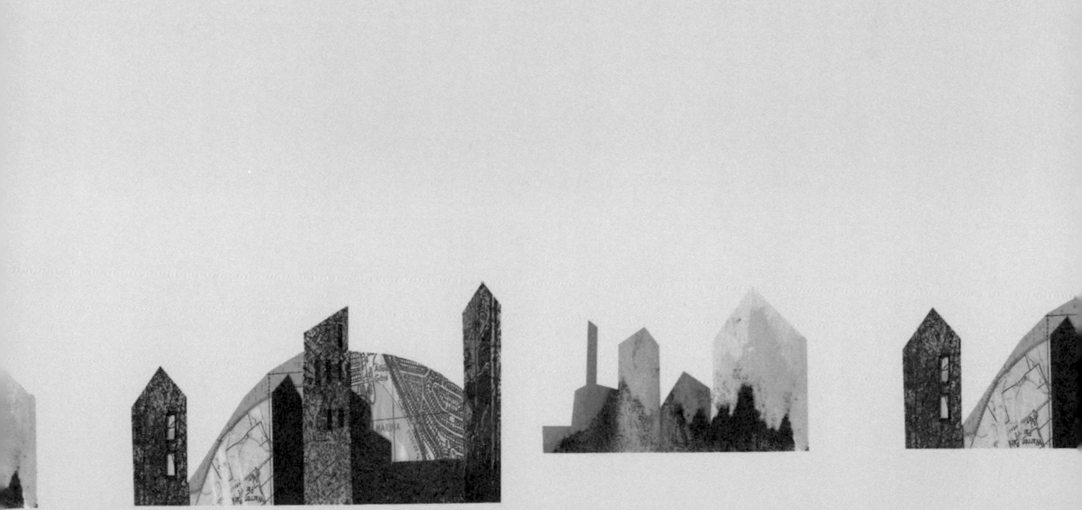

親愛的阿靖：

自從出書以來，我和一些讀者成為好友，陪伴著彼此走過許多歲月，宛如家人。有個叫做桑桑的女孩，頭一次出現在網路上留言，只是個二十歲左右的大學生，她和男友一起來參加我們的讀友聚會，就像是日本偶像劇裡走出來的美少女，純真的眼瞳，蜜釀的微笑，小鳥依人的神態，令人疼惜。

爾後，時光像一本翻動太倉促的書，我看著她在愛情裡的顛簸跌頓，歷經生離死別的痛楚，又看著她的哀傷與沉靜，看著她蛻變成一個成熟的女人，仍對情感充滿信心，於是，她尋找到一個心靈的歸屬，踏實的幸福，成為一個妻子，又成為一個母親。當桑桑在丈夫的陪伴下，懷抱著幼小的女兒，敲開我的門，內心的震動與感激，使我久久說不出話來。我們望著彼此微笑，微笑裡不只是喜悅而已。

最近，桑桑寄給我的mail裡，記敘了她的一場夢：「我做了一場彩色的世界末日夢，我抱著晴晴躲過席捲而來的海嘯，閃過貌似尼斯湖水怪的水龍襲擊，衝往山丘上的車站雜貨舖，把我可以負荷的乾糧礦泉水通通塞進我剛買的粉紅背包，打了一通電話給工作中的老公，他卻說我這邊沒事啊！我說怎麼辦，我還留了一個孩子在家裡沒帶出門。我繼續抱著晴晴往綠色的田野間奔跑避難，田間不時有地雷爆炸……我用盡心力醒來，感覺疲累，夢境清晰歷歷。」她只有一個女兒晴晴，不可能還留了一個孩子在家裡。但，她若跑回家去，可能會發覺留在家裡的那個孩子，竟也是晴晴。

一個母親，無論多麼努力，依然覺得沒辦法將孩子保護得完好安全。桑桑自己分析，或許是因為近來發生了那麼多災難和疾病，以及許多不可預知的潛伏在生活中的危險，使她醞釀了這樣一場末日夢。

曾有個女性朋友告訴過我：「當了母親之後，任何一點風吹草動，都讓我

覺得好恐慌、好擔憂。但為了孩子，也變得好勇敢，沒有什麼擋得住我。」

我記得許多年前，當我還是一個小孩子，瘧疾之類的病藉著蚊子傳染流行，家家戶戶關起門窗，展開滅蚊大行動。社區也來了清潔人員，戴上口罩、手套噴灑消毒液，如臨大敵，人人繃緊神經。某個爺爺值班的夜晚，奶奶帶著我和你的父親聽廣播、玩遊戲，忽然，嚶，嚶嚶，一隻蚊子從我們身邊飛過。我馬上感覺到奶奶的緊繃，她站起身，將房裡全部的燈打開，全神貫注的搜尋著蚊子的蹤影。蚊子停在天花板上，已經知解人事的我，手指著天花板，望向奶奶。奶奶找不到可以攀爬的東西，蚊子可是不等人的，她瞬間站上一個玻璃小茶几，襲擊那個可能會襲擊她的孩子的敵人。命中目標，我正開心的鼓掌，玻璃被踩破，奶奶從茶几上摔下來。還很年幼的你的父親也許不記得，但我一直記得這一幕，我仰頭望著年輕的奶奶，她幾乎沒有思考的時間，毫不遲疑的攀上在幾秒鐘之後碎裂的那片玻璃，為的是保護她的孩子。

這印象深深影響了我，讓我知道自己是這樣被愛著，我必須讓自己值得愛。縱使不是一個母親，我也願意為我愛的人毫不遲疑的付出。

親愛的阿靖，母親，是我們生命的最初。母親是我們最初觸碰的世界，當我們誕生，被擁抱在懷中，便已能感知到她的悲喜。因為兒女，母親承擔著巨大的焦慮與憂傷，也因為兒女，母親有了開天闢地的神奇能力。從母親身上，我們學習到最重要的事——對生命的戀慕與禮讚，對未來的熱情與付出。無悔無怨。

夢，當然得自己做

當你不再夢想，便表示對自己和世界感到絕望，

於是，停止了憧憬與想像，

只是無所謂的度過每個毫不珍貴的日子。

親愛的阿靖：

關於夢想這件事，我們已經許久不曾提起了。

小時候，我們常在一起玩著「等我長大以後，我要……」這樣的遊戲。「等我長大以後，我要開School bus」，這是你最初的夢想。兩、三歲的時候，你瘋狂迷戀上每天中午都會進到社區來兜個轉的鮮黃色School bus。小圓環內並沒有孩子上下學，我們猜想，巴士司機可能只是進來轉個彎的，你肥肥短短，彈性極佳的身子卻躍上沙發，整個人貼在玻璃窗上，手舞足蹈的大聲歡呼。自此之後，School bus準時來到小圓環，和藹可親的巴士司機是位髮色灰白的阿嬸，總是笑容可掬的對你揮揮手。

後來，你夢想過當廚師、醫生，慢慢長大之後，你不再談自己的夢想了。漸漸沉默的你，心中還是醞釀著夢想吧？我情願你藏著夢想，只是不對我傾

訴；好過你願意告訴我，卻說不出任何夢想。當你不再夢想，便表示對自己和世界感到絕望，於是，停止了憧憬與想像，只是無所謂的度過每個毫不珍貴的日子。這樣的人生，豈不是太可悲了？

但是，夢該怎麼做？你或許覺得滑稽，夢，當然是自己做啊，難道還能請別人幫你做嗎？理論上，每個人都應當自己做夢；實際上，我們的夢卻常常得由別人幫著做。

當我們好不容易調整一個舒適的姿勢，準備要做一個自己的夢，卻有人來搖醒你，對你說：「喂！這不行啊！這太困難了，你不適合做這樣的夢啊。」於是，你從善如流的剪斷了舊夢，努力醞釀下一場夢，才剛剛成形，又有人用力把你拖出來，聲色俱厲的勸阻你：「這太危險啦！你沒看見前面的麻煩嗎？現在人都不做這種夢了啊，只有你這個傻瓜……不行不行！你一定不會成功的。」你十分惆悵的看著在眼前淡去的另一個舊夢。

我自己做夢為什麼要別人來干涉？你可能有點氣惱，想要反抗，但是，當你環顧阻撓你的夢的那些人，都是你所在意的人，關愛你的人。或許是你的父母、老師、長輩（可能包括我），還有社會上的大多數，甚至絕大多數人，都用他們堅定的意志對你搖頭。你的夢再也無法堅持，到最後的最後，不求有夢，只要可以睡，便已足夠了。

而我想要告訴你，人生一世，可以按照心意幸福過生活的人，都是當初堅持了自己夢想的人，哪怕付出許多代價，也沒有放棄。他們做的是自己的夢，不是別人的夢。

秋冬交界的季節，我和一個朋友相約，投宿在阿里山山腰的一幢歐式民宿中，周圍是茶園、花園與竹林。紫陽花一球球，薰衣草一叢叢，還有各種鮮豔的花朵，霧氣飄忽而至，不一會兒又散開，涼涼的空氣飽含新鮮的草木香氛，有一瞬間讓我覺得去到了北海道。

民宿主人是一對前中年期夫妻，他們還有兩個可愛的兒女，親切的招待著從都市裡前來的旅客。我們抵達時，民宿非常熱鬧，之前投宿的一群客人正要離開，他們都是老闆娘的朋友，特地從北部到南部來探望她的。隔著窗子，我看見老闆娘與她的朋友合照，依依不捨的擁抱，揮手告別。一輛輛車駛離民宿，忽然顯得有些寂寥了。老闆娘後來告訴我們，她原是北部人，生活圈與朋友也都在北部，工作忙碌卻得心應手，一步步往上爬，儼然是個女強人的形象。後來，遇見心愛的男人，為了丈夫嫁到山上來，那時山上只有一片片的茶園。然而，她並沒有放棄夢想，因為愛旅行，嚮往國外民宿的溫暖氛圍，於是，將夫家的老茶園改為歐風民宿，自己還去學習烹飪與糕點製作。短短幾年，民宿經營得有聲有色，她現在唯一的煩惱是，排不出時間休假，擔心沒時間好好的整理庭園。

而在我們眼中看來，這已經是個美不勝收的花園了。

當天晚上，住宿的四組客人都在餐廳裡用餐，電燈忽然熄滅，老闆、老闆娘與他們的兒女和服務生，並排站好，端出兩個蛋糕，說是今夜有兩位客人過生日，要替他們慶生，兩個蛋糕是老闆娘親手烘焙的。燭光中，這一家子捧著蛋糕唱生日快樂歌，那景象彷彿在拍偶像劇。對許多人來說，兩個人共享一個蛋糕也就夠誠意的了，我覺得深深被感動，是因為老闆娘烘焙了兩種口味的蛋糕，如此不厭其煩。她不是個身材姣好的女人，微微豐腴的體型，在我眼中卻如此美麗，充滿熱情。「來來來。一塊巧克力口味，一塊芋頭口味，嚐一嚐，好不好吃？」老闆娘送上兩塊蛋糕放在我們面前。

蛋糕當然好吃，老闆娘烘焙的其實是夢想。她的魔力是將夢想與現實調和之後，讓旅人嚐到不可思議的好滋味。

親愛的阿靖，下次當你做夢，卻被人打斷，不管那人是誰，請你一定要堅定的對他說：「別打擾我的夢。請你，也去做自己的夢吧。」

世界不同於想像

等你深刻愛過以後，就會明白，

愛著那個與你想像不同的人，才是真正的愛情。

親愛的阿靖：

曾經的戀人，在十幾年之後，與我相約見面。分手時因為心神憔悴，感覺自己無比蒼老。十幾年過去，反而因為生活中的安定踏實，而有了輕盈的腳步。那是個寒涼的冬夜，我們共進晚餐，併肩行過一段長長的路，車輛一台台迅速的從身邊疾馳而過，彷彿歲月總是太匆匆，快得像是沒有任何值得留戀的。我的大衣飛捲起來，有時搧動著身旁那人的腿，又乖乖的回到我身上來，回憶也就這麼起起落落。

「那時候的分手真的是好平靜啊。」那人喟嘆地說。

是的，理智冷靜得連爭吵都沒有，就像兩個下了戲的演員，對彼此友善的點頭致意，各自回家，過著不再相干的生活。而我們曾經那麼真摯的相愛；我們曾經以為找到了失落的另一半；我們曾經想像著將共度一生。

沒有欺瞞背叛，沒有外遇出軌，當我發覺愛情如潮落，迅捷全面，無可挽回時，恍然明白了自己的宿命。無比憂傷，卻不知該去糾纏誰？向誰索討付出的真心？只是安靜的告訴自己，就是這樣了。

「妳是否明瞭，我們為什麼沒能走下去？」停在紅燈前方，那人問。

我微微笑著，沒有回答。

「因為我後來發現，妳不是我想像的那個人。」那人說完，綠燈忽然亮起來。

如果是小說的一個篇章，或是電影的一個結尾，那麼，女主角聽完這句話，臉上應該有種瞬間領悟的神情，十幾年來的懸念終於有了解答，終於可以釋然。主題曲在這時響起，象徵新的人生階段開始。

但，這不是小說也不是電影，這是我的真實人生。我很真誠的感謝他，在我們相愛的時候，溫柔的愛寵我，令我很幸福。

沒有告訴他的是，我很早就發現，他不是我想像的那個人。雖然早早發現了這件事，但我仍調整著自己的想法，愛戀著他。因為那時候我已經知道，這個世界不同於我們的想像，沒有人完全符合我們的理想。或許，那時候真的愛著，所以，沒什麼掙扎的順從了愛人本來的樣子，依舊真確的愛著他。

親愛的阿靖，等你深刻愛過以後，就會明白，愛著那個與你想像不同的人，才是真正的愛情。

我們用了大量的想像，在所有情感中，包括父母親的形象與作為。

我出席了一場教師研習營，有位認真的學員放映了一段日本導演北野武的故事。他的母親在他出外打拚有成後，每個月定期打電話來向他討錢，若是稍有延遲或短缺，便不堪入耳的詈罵，令北野武痛苦萬分，他認為母親只愛錢，貪得無厭，對他一點情感也沒有。直到母親過世，他盡人子之孝回家奔喪，他的兄長才告訴他一個「動人的真相」。原來，他的母親瞭解兒子大而化之的個

性，擔心他不擅理財，將來窮困度日，因此，每個月向北野武討錢，為的其實是幫他儲蓄，一分一角都沒動用。北野武瞭解事實真相，明白了母親的用心，失聲痛哭。這故事也令在場的老師們落淚紛紛，擤鼻涕和啜泣聲此起彼落。

而我置身其中，總覺得什麼地方不對勁。輪到我上台時，我的真心話大冒險就這樣傾洩而出：「這個故事確實很令人感動。但我想問的是，如果並沒有『動人的真相』呢？如果他的母親真的就只是很愛錢呢？就像朱自清的父親，曾留下一個為兒子買橘子的背影，後來卻為了自己的需求，領光了兒子養家活口的薪水。就像是廖輝英《油麻菜籽》的母親，重男輕女造成女兒的創傷，為了女兒的薪水甚至一再破壞女兒的終身大事。這些父母又該怎麼評價呢？」

北野武的母親是少數的「典範」。而她在活著的時候，令兒子感到那樣痛苦，死去之後又令兒子感到那樣懺悔，真的是父母親的楷模嗎？我們把這樣的母親形象植入孩子心中，勢必是要讓孩子一邊成長一邊幻滅的啊。不如趁早告訴他們，沒有人會完全符合別人的想像或理想的，我們也無法滿足他人。

朱自清在發現「傷心的真相」之後，仍寫下純樸真摯的〈背影〉，父親當然不是個理想的父親，可是，儘管如此，他還是在月台上費力的攀爬著，對兒子展現了一個父親的愛與付出。這個時刻意義非凡，值得銘記。廖輝英筆下的母親，俯身為女兒整理婚紗時，花白的髮絲透露了一生所有的抑鬱不如意，女兒最終疼惜的擁抱母親，聲聲呼喚著：「媽媽，媽媽。」她體會也瞭解了母親經歷過的苦痛，於是，諒解也和解了。必須銘記，必須諒解，生命才能繼續。

曾經，我以為朋友之間的忠誠乃是必然，卻在一次重要的決策會議中，力戰群雄，緊要關頭需要夥伴表態聲援，我的夥伴只是沉默的坐著，像在另一個世界。那次的決議沒能闖關成功，我在錯愕中了悟，忠誠並非必然，每個人在每個時刻都有自己的考量。

親愛的阿靖，我並不希望你對世界失望。只是想告訴你，正因為人不一定

都很良善，所以，感覺到他人的善意，使我充滿感激。當我想飛翔，發覺羽翼之下有風；當我疲憊降落，能有溫暖的懷抱憩息。我知道自己滿身缺點和瑕疵，卻仍有人願意愛我、包容我，使我更有勇氣面對那些冷酷的時刻。這世界確實不同於我們的想像，我們因此學會了珍惜與感謝。

你不會是我想像的，我也不是你想像的樣子，但，請記住這件事，從你出生那一刻，我愛你，永遠不會改變。

姑姑

國家圖書館出版品預行編目資料

那些美好時光 / 張曼娟著.--初版.--臺北市：皇冠文化. 2010〔民99〕
面；公分（皇冠叢書；第3972種）
（張曼娟作品；20）
ISBN 978-957-33-2658-8 （平裝）

855 99005916

皇冠叢書第3972種
張曼娟作品 20

那些美好時光

作　　者—張曼娟
發 行 人—平雲
出版發行—皇冠文化出版有限公司
台北市敦化北路120巷50號
電話◎02-27168888
郵撥帳號◎15261516號
皇冠出版社(香港)有限公司
香港上環文咸東街50號寶恒商業中心
23樓2301-3室
電話◎2529-1778　傳真◎2527-0904
責任主編—許婷婷
美術設計—王瓊瑤
印　　務—林佳燕
校　　對—張曼娟・鮑秀珍・熊啟萍・盧春旭
著作完成日期—2010年3月
初版一刷日期—2010年5月
初版十七刷日期—2017年2月
法律顧問—王惠光律師

讀者服務傳真專線◎02-27150507
電腦編號◎012020
ISBN◎978-957-33-2658-8
Printed in Taiwan
本書定價◎新台幣280元/港幣93元